それにしても今日は風もなく、日差しが肌を突き刺すように暑い。日中は三十度まで気温が上がると朝の情報番組で言っていた。

額に汗を浮かべ近くのバイト先まで歩いていると、電柱に貼ってある真新しいバイト募集の紙に目が留まる。今どき電柱にバイトいながらも懐の寂しい俺の足は自然と止まる。週三日で五時間の書いてあるだけだ。時給は千五百円。

「時給は悪くないな」

俺は電柱に話しかける。勤務先は、自宅かーマンションだ。

「あのタワーマンションか」

俺の安アパートの窓からその建物は、空をに立っている。あの高級マンションが仕事場なのにバイトの募集かにも胡散臭い。今どき電柱に迷子猫の張り紙さえ見ないというの

するとズボンに入れていたスマホのアラ次のバイト時間を知らせるアラームに、俺はため息をつきながら向かった。

翌日、久しぶりの休日。俺は昼過ぎまで死んだようにベッドに横たわる。十時間以上寝たのに全身が鉛のように重く起き上がれない。ゴロゴロ寝ているだけなのに、お腹は不思議と空いてきた。

重たい身体をベッドから持ち上げ買い物に行くことにした。近所のスーパーまで歩いて十五分ほどかかる。帰りの荷物のことを考え、俺は車で行くことにした。このことがこれから始まる奇々怪々な出来事のきっかけになるとは夢にも思っていなかった。友達から安く譲りうけたオンボロ車に乗りスーパーに向かう。昼過ぎまでベッドでゴロゴロしていたのに、ハンドルを握るとすぐに瞼が重くなる。俺は眠気を飛ばすため、ハンドルから片方の手を放し軽く頬を叩く。つかの間眠気が飛ぶ。

しばらく走ると、先ほどまで曇に隠れていた太陽がいつの間にか顔をのぞかせ、車内は再び眠気を誘う心地よい空気に包まれる。うたた寝するにはもってこいの気温にうとうとしはじめる。今度は両の頬を叩き目を覚ます。

するとと今度は耳元で虫が飛ぶ羽音が聞こえてきた。音のする方へ目を向けたが何も見えない。車に乗る際、春の陽気に誘われ虫も一緒に入ってきたのだろう。俺は気にせずそのまま車を走らせる。

いつもなら車で五分ほどの道のりが、今日に限ってすべての信号で止まり、渋滞している。すでに車を走らせ五分を過ぎたと言うのに、まだ半分を過ぎたあたりだ。

そんな時またもや耳元で虫の飛ぶ音がし始めた。耳障りな虫の音にハンドルから手を放し音のするあたりを手で払う。しかし虫の飛ぶ音は一向に鳴りやまない。いったい何の虫が飛んでいるのか。そう思っていると今度は耳元でリズムに合わせ飛び回る。

文芸社セレクション

ハルの時代

渡辺　昌夫
WATANABE Masao

文芸社

目次

数百年の間、結界に封じ込められ硬くなった身体をくの字に伸ばし始める。その後奴は天を仰ぎ大きく息を吸う。すると身体が風船のように膨らみ始めた。

「一体何が起きているのか……」

壊れた祠を飲み込み、身体はムクムク膨れ上がる。とうとう奈良の大仏ほどの大きさにまで達し、ようやく止まった。

空一面を覆いつくすその姿に、開いた口が塞がらない。こんな化け物相手に闘うの？

「聞いてねえよ……」

俺の口から、今にも泣き出しそうな声が漏れる。

奴の身体からは、背筋が凍り付くほどの妖気が放たれている。俺の身体はいつも通り固まり、棒のように立ちすくむ。隣の彼女も、想像以上の妖気に戸惑っているようだ……。

……奴は足元の俺らに気付くと振り向きざまに口から炎を吐く。ゴーと言う音と共に火柱が二人に襲い掛かる。

「熱っ。あちち……」

火の勢いは凄まじく、結界の中にいても咄嗟に腕で顔を覆う。次から次に繰り出される炎に俺はとうとう頭を抱えその場にうずくまった。

ようやく炎がおさまり辺りを見渡すと、木が一瞬で炭になっている。もし奴が表の世界で暴れれば東京は一瞬で焼野原になるだろう。江戸の町を焼き尽くした奴が、令和で再び暴れ出す。そう考えただけで俺の身体はガタガタ震え始めた……。


不安、恐怖、怒り、嫉妬、恨み。

あなたはそんな想いに心を囚われてはいないか。頷いているそこのあなた。今すぐそんな思いを捨て、心穏やかに過ごして欲しい。

「なぜ不安や恐怖、怒りなどの感情に囚われてはいけないの？」

それは闇の者が、そんな醜い感情に支配された者たちを探しているからだ。

「闇の者……だれ？」

彼らは裏の世界の住人だ。

「裏の世界？　それはなに？」

その世界は、俺たちの目に見えない世界のこと。裏の世界は俺たちの住む表の世界と表裏一体にある。

「そんな世界、有るはずがない……」

俺もそう思っていた。しかしある日突然、目の前に裏の世界が現れた。裏の世界は本当にあるのだ。その世界は手を伸ばせば届くほど近く、奴らは不安や怒りに心奪われた者達を裏の世界へ誘い込んでいた。

もう一度忠告しておく。

不安、恐怖、怒り、嫉妬、恨みに囚われた者の近くに闇の者が潜んでいる。奴らはそんなあなたに狙いを定め、裏の世界に引きずり込もうとしている。

一章

出会いはいつも突然やって来る。彼女との出会いもまさにそうだった。この出会いが俺の人生を大きく変えることになるとは、今はまだ知らない。これから俺の見た裏の世界（裏の世界から見ると、こちら側が裏らしい）を一緒に覗こう。

ゴールデンウィークも終わり、日中の日差しが日に日に強さを増している。俺は今日も掛け持ちのバイトで大粒の汗を流している。こんな未来がやってくるとは夢にも思わなかった。

俺は今年大学を卒業し、航空関係の会社へ就職する予定だった。しかしコロナの影響で昨年十一月、突然内定取り消しの通知が自宅に送られる。大学を卒業した今は掛け持ちのバイトで日々の生活を賄っている。

田辺明生《たなべあきお》、二十二歳。今年の春はほろ苦いスタートだ。

午前中、スーパーの品出しを終えると午後からは宅配便の仕分け作業に汗を流す毎日。今日も午前中の仕事を終え、昼からのバイト先に向かっている。

まるで歌でも歌っているようだ。

普段なら耳障りな音に目が冴えてくるところだが、歌うように飛ぶ虫の音になぜか急に眠気が襲ってきた。子守歌でも歌っているのか。目は辛うじて開いているが、意識はすでに明後日の方角に飛んでいる。ハンドルを握る手がわずかに緩む。

渋滞から抜けアクセルを強く踏む。すると次の信号が赤に変わった。信号が変わってても俺の意識は遠い世界をさまよい、ブレーキに足が向かわない。

ぼんやり運転する俺の目に黒い高級セダンが映る。セダンは赤信号で止まっているようだ。耳元では相変わらず虫が心地よいハーモニーを奏でている。俺は虫の音に気を取られ車は吸い込まれるように前のセダンに近づいていく。

虫の音色。赤信号。信号で止まるセダン。

真っ白な頭の中でぼんやり映る景色にふと我に返る。

まずい、ぶつかる。俺はやっと夢から覚めた。頭の中は蜂の巣をつついたような騒ぎになっている。とっさにブレーキに足を移し思いっきり踏み込んだ。

「キーイー」

急ブレーキにタイヤから悲鳴が上がる。車は急劇にスピードが落ちる。俺の身体は前のめりになり、シートベルトが胸に食い込む。黒塗りのセダンはもう目と鼻の先だ。

「止まれ」

悲鳴に似た叫び声が車内にこだまする。すると叫び声に車が応えさらにスピードが落ちる。しかし黒のセダンはもう手が届きそうな距離にまで近づいている。俺は祈りながらブレーキを床につくまで踏み込む。タイヤから漏れる悲鳴が徐々に小さくなってきた。

「……」

間に合ったのか。

「ゴン」

俺の車は、鈍い音と小さな振動を残し止まる。

「はぁ、ぶつかった」

車の中で虚しい声が響く。ブレーキをかけ車から降りる。

目の前には黒光りする高級セダンと俺のボロ車が接着剤で留めたようにぴったりくっ付いている。よく見ると、セダンのバンパーが凹《へこ》んでいる。一方、俺のボロ車は無傷である。先ほどまで、お腹が空いたと騒いでいた胃袋が、今では砂を詰めたように重く、痛みだした。俺は磁石でくっ付いたような二台の車を茫然と眺めていた。

その時セダンのドアが開く。額からは大粒の汗が流れ、表情が硬くなる。心臓の音が耳につく。

次の瞬間、赤いハイヒールが開いたドアから現れ、紺色のスカートの裾からスラリと長い足が伸びる。

女性は、紺色のワンピースを着ており、ハイヒールを履いているせいか俺の顎は上を向いている。サラサラな黒髪が肩まで伸び、目鼻立ちがはっきりした美人だ。歳は三十代後半と言うところだろ。

彼女は凹んだバンパーを見ると「あちゃー。やったね」と軽いノリで声をかけてきた。

「本当にすみません」

俺は消え入るような声で謝る。すると彼女は車ではなく、なぜか俺を値踏みするようにジロジロ眺める。修理代が払えないとでも思っているのだろうか。お金がないとはいえ、保険には入っている。

「ウトウトしながら運転していたみたいね。信号が赤に変わったことに気付かず、急ブレーキを掛けたが間に合わなかったのね」

彼女は事故の様子を見ていたかのように話をする。

「えっ。何で分かるのですか」

虫の知らせで、ミラー越しに見ていたのだろう。そう思い彼女に訊いてみた。しかしミラーは見ていないと話す。どうやって俺の様子が分かったのか。意味が分からない。

交差点では渋滞が始まり、スマホで写真を撮り、車を路肩に移動させた。その後、警察に連絡をした。警察が来るまでの間、二人は歩道で待つことになる。気まずい空気の中、彼女に話しかける。

「お時間をお取りし本当にすみません。私は田辺明生と言います。住まいはこの近くです。この後、警察の取り調べが終わったら保険会社へ連絡しますので後ほど連絡先を教えてください」

「私は藤崎《ふじさき》ハル。私も近くに住んでいるの。とんだ出費になったわね」

彼女はサバサバと話をする。改めて見ると大きな目が印象的で、薄い茶色がかった瞳が人目を引く。その瞳は妖しさと愛らしさをあわせ持つ不思議な瞳である。俺はその瞳に吸い込まれるように見とれ、心の中で「綺麗な人だな」とつぶやく。すると彼女は俺に向かい「ありがとう」と言う。

「えっ。何がありがとう」

俺の心のつぶやきに彼女が絶妙なタイミングで返事をしたのだ。まるで心の聲《こえ》が聞こえているかのように。まさか気のせいだろう。しかし今度はなにが「ありがとう」なのかと疑問が残る。心の中がモヤモヤと霧に包まれ、直接彼女に訊いてみた。

「何がありがとうなんですか」

彼女の返事は「何でもない」だ。余計に気になる。ちょうどその時警察の車が到着し、二人は別々に現場検証を行った。

　警察の現場検証が終わると連絡先の交換をした。メモにはあのタワーマンションの住所が書かれている。あのマンションに住んでいるのか。道理で車も高級セダンな訳だ、とひとり納得する。でも本当に近い所に住んでいるなと心の中でつぶやいた。すると彼女はまたしても絶妙なタイミングで「そうね」と返事をする。

ん、やばい。絶対心の中を読まれている？　そう思い彼女に目を向けると何もなかったように彼女が話し始めた。

「この程度の修理だと保険会社も保険料が上がるとか何とか言って自腹になるかもね」

　確かにそうだ。先日友達が事故を起こした時もそうだった。六万程度の修理代で保険を使うと、翌年倍の保険料が掛かると言っていた。結局その友達は自腹で修理代を行なった。何のための保険なのか分からない。しかし俺にとってこの出費はかなり痛い。休みの日にもう一つバイトを増やそう。そう思っていると、またしても彼女から絶妙なタイミングでその話題が出る。

「私のところでバイトしたらいいじゃない。募集はしているけど、電柱に貼った募集ではなかなか人が来なくて」

「電柱？」

俺はきのう電柱に貼られた募集のことを思い出した。

「もしかして助手募集のあれですか」

彼女は「そうそう」と頷きながら俺を見る。あの胡散臭いチラシはこの人が書いたのか。

「助手っていったい何をするのですか」

そう尋ねると彼女はおでこに人差し指を当て、どうしたものかと思案顔で話し始める。

「んーと。掃除やお茶出しや依頼先への送迎や荷物持ち」

要するに雑用係だ。そんなのわざわざ人を雇ってすることか。また、どんな職業なのか分からない。不安は残るが金欠の俺に断る理由はない。

「頑張りますので私を雇ってください」

そう話すと彼女は再び俺を値踏みするかのようにじっと見つめる。なぜか心の奥底まで覗かれているようで、悪事をとがめられたように身体が硬くなる。

その後、彼女は表情を和らげ「よろしく」と軽い返事があった。俺はほっと胸をなでおろす。

事故現場が急遽バイトの面接に変わる。俺は改めて自己紹介をした。

「田辺明生、二十二歳です……」

彼女は俺の話に耳を傾ける。時折遠くを眺めるような眼差しで何か考え事をしているようだ。本当に俺の話を聞いているのか。少し不安に思いながらも即席の面接が続く。

面接中、彼女はいくつかの質問をしてきた。しかしその内容が不思議で、俺が話していないことを彼女はなぜか知っている。なぜそんなことまで分かるのだろう。気味が悪いと思いながらも、金欠の俺にそんな些細なことはどうでもよい。とりあえず即席の面接を乗り越えなければ生活ができない。

面接が終わり別れ際、早速明日来て欲しいと言われた。どうやら部屋が散らかっているらしく、掃除を頼みたいとのこと。たまたまバイトも連休を取り、明日は空いている。俺は明日九時に伺います、と伝え彼女と別れた。

後ろのバンパーが凹んだ高級セダンを見送り、小さなため息をつく。自分の車に目を向けると頑丈なバンパーはかすり傷一つない。車に乗ると助手席にメモを置き、車をゆっくり走らせた。

お腹が空いていたこともすっかり忘れ、車の修理代のことを考える。買い物する食材を少し減らそうと小さく息を吐く。

結局、彼女がなんの仕事をしているのか訊いていない。明日彼女の自宅に行けば分かるだろう。

出勤初日はあいにくの空模様になった。俺は傘を広げ彼女のマンションに向かう。途中、車が水溜まりの上を走り、泥水がズボンの裾にかかった。不吉な予感に俺の歩みが遅くなる。

タワーマンションに到着した。下から見上げると、最上階はうっすら雲に隠れている。俺の足はエントランスで急に止まる。建物の中からは煌びやかな光が漏れ、カジュアルな俺の服が浮いて見える。約束の時間まであと五分。意を決し俺は足を踏み入れる。

エレベーターで最上階まで上ると部屋の前で呼び鈴を鳴らす。中からかすかに彼女の声が聞こえ、玄関の扉が開いた。

「今日からお願いします」

俺は緊張からか、直立不動の姿勢からぎこちなく身体を折り曲げ挨拶をする。

「こちらこそよろしくね」

彼女は軽く微笑む。今日の彼女の服は、七分袖の白いワンピースの上から薄いピンクのカーデガンを羽織っている。お嬢様風の着こなしが似合い、俺はつかの間目を奪われる。

玄関に入り靴を脱ぐ。玄関と部屋との段差があり、危うくこけそうになる。のっけから躓き再び嫌な予感が頭をよぎる。

「そう言えば保険会社の人から連絡が来て、今日の一時に来るそうよ」

昨日の苦い記憶が蘇る。あの事故さえなければこのバイトを受ける必要もなかった。まあ、過ぎたことを考えても仕方ない。何事も社会勉強だと思い、一緒に話を聞きますと伝える。

「オッケー」

彼女の妙に軽い返事に戸惑いながら、とりあえず作り笑いでごまかした。

次に彼女は掃除をする部屋の案内を始めた。一人暮らしの女性の家に俺は興味津々で部屋の中を回る。

部屋は三ＬＤＫですべての部屋がフローリングになっている。今、俺たちがいるリビングが商談などで使われ、広さは十五帖ほどだ。三人掛けのソファーと一人用のソファーが向き合い、その間に天板がガラスの低いテーブルが置いてある。ここで商談をするのだろう。

広いリビングと繋がるようにキッチンが見える。ダイニングテーブルの上は綺麗に片づけられ、一輪挿しの花瓶には大ぶりのピンクの花が飾られていた。

キッチンに目を移すとバルミューダのコーヒーメーカーがインテリアのように置いてある。きっとこれで淹れるコーヒーは、専門店で飲むコーヒーのように薫りたつものだろう。その香りを想像している俺をよそに、彼女は次の部屋へ向かう。

リビングの隣は八畳ほどの書斎になっていた。角部屋なので壁側二か所に窓があり、先ほどまで降っていた雨も今はあがり、薄日が差し込んでいる。窓から入る日差しで、照明がなくても十分明るい。部屋を見渡すと窓の近くに木製の大きな机が置いてある。机の上には筆記用具と眼鏡が置いてある。几帳面な性格なのか筆記用具はトレーに綺麗に並び眼鏡の他は何も置いてない。

机の隣には、俺の目の高さほどの本棚が二つ並んでいる。そこには法律関係の本や総務関係の本がびっしり並んでいた。彼女は司法書士でもやっているのだろうか。しかし、その本棚の中になぜか料理の本が交じっている。「ん。なんで料理の本がここにあるのか」そう思い立ち止まって眺めていると、彼女はさっさと次の部屋に歩いて行く。俺は慌てて後を追う。

次の部屋も書斎と変わらない広さがある。壁に格子状の棚が据えられ、観葉植物が置いてある。中央のテーブルには赤いバラや紫の紫陽花の鉢が置いてある。色鮮やかな花が並び、ほっと一息吐ける部屋だ。

テーブルには鳥かごも置いてあり、中には黄色い羽に顔が薄いピンク色をした鳥が入っている。その鳥はテンという名で、メスのコザクラインコだと教えてくれた。どうやらこの部屋は癒しの部屋らしい。

俺は挨拶代わりに鳥かごにそっと手を伸ばす。するとテンは不審者と思ったのか嘴で俺の指を突いた。慌てて伸ばした手を引っ込める。彼女に気付かれたかと目を向けると、観葉植物に水をかけこちらを見ていない。どうやらテンに突かれたところは見られていないようだ。指先を見ると赤く腫れている。

「あとこの家には白猫の『福』が居るけど、福はたまに居なくなるのよね。今日もどこかに出かけているみたい」

出かけているとはどこか別の部屋にいるということなのか。二十五階の部屋の中から外には出られない。そんなことを考えながら癒し部屋を後にした。

癒し部屋の隣にもう一部屋ある。この部屋は寝室で中は見せてもらえなかった。キングサイズのダブルベッドがおいてあり、奥には二畳ほどの大きなクローゼットがあるらしい。この部屋には絶対入らないようにと彼女からきつくくぎを刺された。

部屋を回り終えた俺はふと思った。どの部屋にもテレビがない。もしかすると案内されていない寝室に置いてあるのかもしれない。一人暮らしでテレビのない生活など想像できない。しかしその代わり各部屋にはオーディオやブルートゥース用のスピーカーが置いてあった。きっと部屋では音楽を聴いて過ごしているのだろう。

リビングに戻ると彼女は外出の準備を始めた。そう言えばまだ彼女の仕事を聞いていない。書斎には法律や総務の本が並んでいた。やはり司法書士なのだろうか。俺は彼女に訊いてみた。

「藤崎さんのお仕事は何をなさっているのですか」

一瞬彼女の表情に戸惑いの色が現れる。しかしそれもつかの間、軽い微笑を右の頬だけに浮かべ話し始めた。

「いろんな人の悩み相談を受けているの。それもちょっと変わった方法でね。それは、神々を私の身体に降ろし相談を受けるの。彼らは直接神々に相談するのよ。面白いでしょう」

俺は彼女の言葉をもう一度頭中で繰り返す。神々を自分の身体に降ろし相談を受ける。意味が分からない。と言うか俺の想像をはるかに超え目が点になる。本当にそんなことができるのか。疑いのまなざしで彼女を見ると彼女は「嘘じゃないから」とどぎまぎしながら答える。実際相談者が訪れたら、その場面を見ることになるだろう。そう思いながら仕事の話は終わりにすることにした。

しかし悩み相談でこんな立派なマンションに住めるほど収入があるのだろうか。今度はそんな疑問が頭をよぎる。すると彼女は、またしても絶妙なタイミングで答えた。

「このマンションは父の遺産で買ったの。三年前に亡くなり、その時に購入したのよ。私、こう見えてもお嬢様育ちなのよ」

見るからに品があり、お嬢様オーラ全開である。その点は疑う余地はない。そう言えば今もまた俺の心の聲に彼女が答えた。もしかして彼女は俺の心の聲が聞こえているのだろうか。神々を自分の身体に降ろし相談を受けているのなら、人の心の聲を聞くことくらい朝飯前なのかもしれない。何でもありの人である。

「それじゃ、ちょっと出かけてくるわね。部屋のお掃除よろしく」

彼女は声をかけるとショルダーバッグを肩にかけ玄関に向かう。仕事の打ち合わせだろうか。

彼女を見送り一人になった俺は、さっそく掃除をすることにした。「しまった」掃除道具が何処にあるのか分からない。先ほど見た部屋の中にはそれらしき物はなかった。あと見ていない所は洗面所とトイレぐらいだ。

廊下に出ると、まだ開けていないドアに手を掛ける。開くと洗面台が現れ、その奥にお風呂が見える。中に入ると洗面台の隣に両開きの収納を見つけた。扉を開くと掃除機やモップなどが綺麗に並んでいる。これで掃除はできると一安心。俺はコードレスの掃除機と雑巾を手に取る。

初めにリビングの掃除からすることにした。見た目にゴミなど散らかっていない。しかし俺は手抜きすることなく、リビングを隅から隅まで掃除する。

リビングの掃除を終え、次は書斎に移る。書斎には大きな本棚が二つ並んでいる。その本棚の一角に同じ背表紙の本が二十冊並んでいた。本の背表紙には何も書かれていない。俺は不思議に思い一冊を手に取る。中を開くとすべてのページが白紙である。

これは記録用のノートなのだろうか。そう思い他の本も開いてみた。しかしすべての本が白紙のままで何も書かれていない。俺はこれから使うのだろうと思い元の場所に仕舞い掃除を始めた。

書斎の掃除を終え次の部屋に移ろうとした時、部屋の中で物音がした。誰もいない部屋の中で何が起きたのか。俺は振り返り部屋の中を見渡す。何も変わった様子はないようだ。気のせいかと思ったその時、机の下に眼鏡が落ちていた。

「あれ」

先ほどまで、眼鏡は机の上に筆記用具と一緒に並んでいた。そう思いながら拾い上げる。しかしこの眼鏡、彼女の雰囲気に合わない。黒い縁の部分が大きく男性用の眼鏡のようだ。お嬢様育ちの彼女なら、フレームも細くべっ甲柄のお洒落な物が似合いそうだ。

私は眼鏡のレンズを本棚に向け、透かして見る。するとこの眼鏡、度が入っていない。いたずら心が芽生え、眼鏡をかけ本棚に目を向ける。すると先ほどまで白紙の背表紙に数字が浮かび上がっている。

「ん？」

本の背表紙には年号らしき数字が書かれ順番に並んでいる。俺は本棚に近づくと一旦眼鏡を外す。すると背表紙の年号は消え再び白紙に戻る。俺は見間違いかと手の甲で目をこすり、再び本の背表紙を見る。やはり背表紙には何も書かれていない。

今度は眼鏡をかけ本棚を見る。すると背表紙には数字が浮かび上がる。

「なんだこりゃあ」

ただの伊達眼鏡なのにどんな仕掛けがしてあるのか。俺は初めてわさびを口にしたような衝撃を受け、本棚の前に立ちすくむ。

すると今度は先ほどまできれいに並んでいたはずの本が一冊だけ飛び出していた。俺は吸い寄せられるようにその本に手を伸ばす。背表紙には二〇〇四年と書かれている。

その本を手にすると、本は勝手に表紙が開き風もないのにページがパラパラと捲られていく。俺は呆気にとられ、危うく本を落としそうになる。口をあんぐり開け眺めていると、本のページは勝手に進みしばらくすると止まった。

静まり返った部屋で俺は恐る恐る開いたページに目を落とす。そこにはペンで書かれた可愛い文字が並んでいた。これは一体なに。俺は生唾を飲み込み、その文字を目で追う。

《三月二十五日から二十七日》

春休みに入り家族全員で大阪のおばさんの家に遊びに行くことになった。昨年、病気でおじさんが亡くなり一人暮らしのおばさんを元気づけるためだ。おばさんは肺の病気で普段の生活にも不自由しているらしい。四月からは六年生になる。相変わらず父の仕事は忙しく、久しぶりに家族そろっての旅行だ。今回初めて大阪のおばさんの家に遊びに行く……

……おばさんが朝食の支度を調え、三階までやって来た。階段を上り終えたおばさんの様子がいつもと違う。苦しそうに肩で息をしている。また息苦しそうなのに、なぜか口を小さくすぼめ呼吸をしている。私は大丈夫と声を掛け椅子を用意すると、おばさんはその椅子に腰かけた。相変わらず小さくすぼめた口から少しずつ息を吸ったり吐いたりしている。

私は背中をさすりながら、もう一度声をかけた。しかし、おばさんは頷くばかりで苦しそうに口をすぼめ息をしている。

しばらく背中をさすっていると上下していた肩もおさまり、呼吸も整ってきた。すぼめていた口も元に戻った。

元に戻ったおばさんは、椅子から重たい腰を持ち上げありがとうと声を掛けると朝食の準備ができたと伝え、そのまま階段を下りて行った。

私がおばさんの背中をさすっている間、なぜか頭の中で炎が浮かんだ。突然炎が浮かび、おばさんの話が耳に入らない。

一階に下り朝食を済ませると、おばさんは部屋の隅に置いてある暖房器具ほどの大きさの機械を取り出し再び椅子に座った。その機械からはビニールでできた細長い管が伸びていた。管の先には口と鼻を覆うマスクが付いており、おばさんは口に当て機械のスイッチを入れる。部屋の中でブーンという音が鳴り響き、機械から何か出始めた。

初めて見る機械に私と弟は興味津々で何をしているのかと聞いてみた。するとおばさんは病気の治療のためお薬を吸っている、と教えてくれた。後片付けを始めた母をよそに私と弟はその様子を眺めている。

おばさんはしばらくすると、テーブルに置いてあるタバコに手を伸ばし、中から一本取り出す。口に当てていたマスクを外すとゆっくりタバコに火を付け吸い始めた。

肺の病気で薬を吸っているのにタバコを吸っても大丈夫なのか。そう思った瞬間、三階建ての自宅が炎に包まれ燃え上がる様子が頭の中に浮かぶ。それも爆弾が破裂したかのように、何もかもが粉々に崩れるほどの火事だ。私は死神に声を掛けられたように怖くなり顔色をなくす。心臓の音だけが耳に付き、他の音は耳に入らない。恐怖のあまり身体も動かなくなる。しかしおばさんは美味しそうにタバコを吸っていた。

私はタバコの火が薬に燃え移り爆発するのだと思い、タバコを止めるよう話をする。だがおばさんは笑いながら大丈夫と話す。もう何十年も薬を吸いながらタバコを吸っているが、何も起きたことはないと言うのだ。

頭の中では今なお、家が炎に包まれ燃え続けている。心臓が早鐘のように鳴り、身体中から冷や汗が噴きだしてきた。

私は何度も何度も繰り返し止めるように話す。しかしおばさんは全く聞く耳を持たない。

ちょうどその時母が通りかかり二人でおばさんを説得する。しかしおばさんは一向に私たちの話に耳を貸さない。最後には「これで死ねたら本望だ」とまで言い出した。

母は諦め後片付けに戻る。部屋に取り残された私は力なくおばさんの様子ぼんやり眺めていた。私があの時見た火事は、いつか必ず現実のものになる。

その夜、爆発で粉々になった建物の光景が頭から離れず、布団の中にいてもなかなか眠れなかった。頭から布団をかぶり、身体を丸め眠れぬ夜を過ごした。


彼女は未来の出来事を視ることができるのだろう。それにしても小学五年生の女の子が、家が粉々になるほどの火災現場を見たら眠れなくなるだろう。おばさんは必死に止める彼女を、小学生のたわごとくらいにしか聞かなかったのだろう。しかしおばさんは吸引していた機械でどんな薬を吸っていたのだろう。俺は首を傾け再び日記に目を落とす。しかしその続きは書かれていなかった。

この後どうなったのだろうか。俺はおばさんのその後が気になり日記の先をパラパラ捲ってみた。しかしそれらしき日記は見当たらない。

俺はモヤモヤした思いで手元の日記を本棚に仕舞う。しかしおばさんのその後が気になり、掃除が手に付かない。俺は翌年の日記に手を伸ばしページをパラパラめくってみた。すると日記の中から古い新聞の切り抜きが出てきた。その切り抜きはハガキほどの大きさで、俺はそれを手に取る。

最初に目に飛び込んできたのは、建物の原形をとどめず、瓦礫《がれき》の山になった火災現場の写真だ。見出しには「肺気腫患者、酸素吸引中にタバコの火が引火」と書いてある。あった、これだ。彼女が大阪を訪れ一年三か月後に火事が起きている。そう思いながら新聞の記事に目を向ける。

(被害者は肺気腫を患い二十年前から自宅で酸素吸入の治療を行っていた。事故当日、一階のリビングで吸引中にタバコの火が引火し爆発炎上した。近所の住人は、ガス爆発が起きたと思うほどの轟音と地鳴りがしたと話をしている。被害者は崩れた建物の中から遺体で発見された)

新聞の切り抜きから目を離した。それにしても酸素吸引中にタバコを吸うなんて、自殺行為も良いとこだ。今まで引火しなかったことの方が不思議なくらいだ。また、酸素を吸いながらタバコを吸う。薬と毒を一緒に取り込み、肺気腫が治るはずはない。

記事にはこの火災でおばさんは亡くなったと書いてある。ハルさんが自宅を訪れた際に視た恐ろしい光景が、現実のものになった。彼女はどんな思いでこの記事を目にしたのだろう。彼女の日記を手に、悪いこととは思いながらもその日に書かれた日記に目を向ける。俺はごめんなさいとつぶやき、新聞の挟まっていたページを読み始める。

六月十五日
大阪のおばちゃんが亡くなった。あの時見た悪夢が現実になった。あの時視たあの恐ろしい爆発が再び私の頭の中に蘇る。

怖い、悲しい、残念だ。

吸っていたのは酸素だった。私は必死に止めた。しかし火事を止めることはできず、おばさんは死んでしまった。

神々よ。私は何のためにあの地獄のような恐ろしい光景を視せられたのですか。私の言葉は彼女に届かず、自宅は炎に包まれた。

神々よ。私は何のためにこの力を与えられているのですか。これから先も同じことが起きるのでしょうか。どんな災いが視えたとしても、私はその人たちを救うことができません。私は無力です。どうかこれ以上、この先起きる災いを私に視せないでください。結局私は何もできないのだから。

彼女の日記を読み終わった。その日記には絶望の淵に落とされた彼女の想いが書かれていた。

どんなに未来を予知する能力があったとしても、信じてもらえなければ意味がない。かえって頭がおかしい人だと思われるのがおちだ。また、たとえ信じてもらえても、いつ災いが起きるか正確に分からなければ、救うことができない。

俺は日記を読み、彼女の心の影に触れたことを後悔した。人の心の中を覗くことがこんなに辛いこととは思わなかった。

そう言えば、俺が心の中でつぶやく心の聲が彼女は分かるようだ。彼女との会話の中で、たびたび言葉にしていない心の聲の返事が返ってくる。気のせいかと思っていたが、彼女は自分の身体に神々を降ろすほどの能力者だ。相手の心の聲が聞こえても、不思議ではない。俺は不思議な世界に足を踏み入れ、不安と興味の両方の気持ちが押し寄せる。今は興味の方が不安よりも大きい。

それにしてもこの日記、文字は可愛らしいが文章は小学生が書いたとは思えないほど大人びている。きっと学校の成績もよかったのだろう。

俺は日記を元の場所に戻し背表紙に書かれた年号をぼんやり眺める。二〇〇四年に小学六年生と言うことは、当時十二歳だ。

「今年が二〇二一年なので彼女の歳はえぇと」

俺はつい声を上げ頭の中で計算を始める。しかし、いつものことながらすぐには計算できない。両手の指を使いながら数をかぞえる。

「二十七、二十八、二十九。二十九歳だ。えっ、そんなに若いの」

目鼻立ちははっきりしており綺麗なのだが、どこか冷めた目をしている。そのため見た目はだいぶん歳上に見える。三十代後半か四十代と言われても納得できるほどである。苦労を重ねた分、だいぶん老けて見えるのだろう。もとい、落ち着いて見える。このことを本人に話したらきっとどやされるだろう。話さなくても心を読まれるかもしれない。十分注意しておこう。

しかし俺と七歳違いとは思えない。綺麗で落ち着いているのでそう見えるのだろう。この場にいない彼女のことをなぜか取り繕う。

ちょうどその時、隣の癒し部屋から物音が聞こえた。次は何が起きたのだろう、不安と期待を胸に次の部屋に向かう。

初めに俺の眼に飛び込んできたのは、鳥かごの中で暴れるテンの姿だった。テーブルに置いてある鳥かごの周りには餌や水が飛び散っている。よく見るとテーブルの下にまで餌が落ちている。

「何やっているんだ。馬鹿、やめろ」

するとテンは振り向き「馬鹿はお前だ」と喧嘩を吹っかけてきた。鳥に馬鹿呼ばわりされ俺はかっとなる。

「馬鹿と言うお前が馬鹿だ」

俺は子供の喧嘩同然に言い返す。その時ふと俺はコザクラインコと話をしていることに気が付く。

「テン。お前、言葉が話せるのか」

真顔で話す俺にテンは「さっき指を突いた時も馬鹿と言っただろう。聞こえなかったのか」と言う。俺は鳥の鳴き声は聞いたが、馬鹿と言われた覚えはない。そもそもオウムならともかくコザクラインコが人の言葉を話すなど聞いたことがない。

俺はなぜ急に鳥と話せるようになったのだろう。棒立ちになり考えたが、思い当たる節はない。突然不思議な能力が身に付き、自分が自分でなくなったような、そんな気持ちに陥り両手で頭を抱える。すると手に眼鏡のフレームが当たる。

そうだ。癒し部屋で物音がしたのでそのまま部屋を出た。眼鏡を机の上に戻し忘れた。鳥かごの中ではテンが相変わらず俺の悪口を言っている。テンの話を無視しながら眼鏡を外す。

途端、テンは「ビーチュービー」と本来の鳴き声に戻った。もう一度眼鏡をかけテンの声を聴くと、馬鹿だの、のろまだのと言っている。黙って聞いてりゃ調子に乗りやがって。言いたい放題のテンに、本気で腹が立ってきた。

それにしてもこの眼鏡、一体どうなっているのか。他にも何かできることが有るのか。俺は眼鏡を外し外の景色を見る。先ほどまで降っていた雨も上がり、部屋には日が差し込んでいる。

次に俺は、手にしていた眼鏡をかけ、再び外の景色を見る。すると眼鏡越しに見る外の景色はいまだ灰色の雲が広がり、土砂降りの雨が降っている。

「えっ……なんだこりゃ」

俺は素っ頓狂な声をあげ眼鏡を外し再び窓の外を見る。やはり窓の外は光が差している。俺の頭の中は迷宮に放り込まれたように混乱する。目の前の景色に戸惑いながら、再び手にした眼鏡をかけてみた。

すると今度は雲間から細長い蛇のようなものが見える。空に蛇はいないだろう。そう思い細長い生き物を見る。雲の間からは身体の一部しか見えず、よく分からない。しかし身体に足のようなものが付いている。次の瞬間、雲の間を縫って頭が現れた。

「龍だ……」

俺は鳩が豆鉄砲を食らったような表情でその龍を見つめる。いかつい顔からは二本の髭が伸び風になびいている。頭には鹿の角のようなものが付いており、銀色の髪は風に揺れている。

　俺は夢遊病者のように口を開けたまま、その場で固まる。すると龍は頭をこちらに向けた。一瞬目が合う。俺は咄嗟に壁の中に隠れた。自分の心臓の音がモールス信号のように速く打ち鳴らされる。しばらく壁の中に隠れていると徐々に気持ちが落ち着いてきた。俺はゆっくりレースのカーテン越しに外の様子を窺う。

　空に龍の姿はなく、真っ黒い雲の中らから大粒の雨が降り注いでいる。ほっと息を吐きながらレースのカーテンを開き、窓の外を見る。

　すると今度は巨大な鳥が外を飛んでいる。恐竜か。もう訳が分からない。俺の頭はおかしくなったのか、そう思い慌てて眼鏡を外しシャツの胸ポケットに仕舞う。俺は熱でうなされた頭を冷やすため、テンの汚した鳥かごの周りを一心不乱に掃除する。

　布巾でテーブルを拭いていると、テンはビーチュービーと本来の鳴き声に戻り気持ちも少し落ち着いてきた。しばらくすると耳元で鳴き続けるテンの声も徐々に気にならなくなった。するとテンは俺の気を引こうと鳴き声を変える。

「ホーホケキョ」

　ウグイスじゃあるまいし、なぜホーホケキョ。どうせ馬鹿だのうすらトンカチだのと言っているに違いない。

　そう考えると今度は無性に腹が立ってきた。いかん、いかん。頭の中は再び熱を帯び始め、気持ちを落ち着かせるためその場で深呼吸をする。少し気持ちも和らぎ、テーブルの上に散らかっている餌や水を手早く拭き取る。テンは相変わらずホーホケキョを連発している。俺は彼女と眼を合わさぬよう、床に落ちた餌を掃除機で取る。するとう今度は「ホー、ホー、ホー」と最後まで鳴かず、なぜか途中でやめる。リズムにあわせホー、ホーと鳴くテンに俺は突っ込みを入れる。

「途中で止めるな」

するとテンは俺の突っ込みを無視し、顔を明後日の方向に向けホー、ホーと鳴き続ける。今度はテンが何と言っているのか気になり掃除が手につかない。

ラップでも歌うような鳴き声に、俺は渋々ポケットから眼鏡を取り出しかける。

「ホー、ホー、ホー」

「バーカ。バーカ。バーカ」

テンは尻尾を振りながら馬鹿を連発していたのだ。「ホー」は「バーカ」と言う意味なのか、と俺は馬鹿と言われているのになぜか納得する。すると次のホケキョはどういう意味だろう。

しばらく眼鏡をかけたままテンの話し声を聞いてみる。しかしバーカの続きをなかなか言わない。コザクラインコに馬鹿呼ばわりされ徐々に腹が立ってくる。テンが汚した部屋を掃除している俺に、女の子の鳥なら普通「こんにちは」とか「ご機嫌いかが」とか言うだろう。初対面の俺に向かって馬鹿はない。この鳥あとから絞めて焼き鳥にしてやる。そう思いながらは眼鏡を外し胸ポケットに仕舞う。

テンのホー攻撃が続く中、癒し部屋の掃除を終えた俺は道具を手にリビングに向かい始める。すると癒し部屋の隅から一匹の白猫が現れた。

一体今までどこに隠れていたのか。全く気付かなかった。部屋の中に猫が隠れる隙間などない。

白猫は「ミャアー」と鳴きながら尻尾をピンとたて俺に近づいてきた。足元まで来ると俺のくるぶしに頭を擦り寄せる。

「かわいい猫だな。確か名前は福だったよな」

話しながら掃除道具を床に置き、かがんで手を伸ばす。白い毛が柔らかく、フサフサしていて気持ち良い。身体に比べ尻尾が太くて長い。ペルシャ猫のようだが瞳は真っ黒だ。海外の猫との掛けあわせなのだろうか。そう思いながら抱きかかえるとお腹の下に男性の印が付いている。白くて長い毛並みで女性のように見えるが立派な男の子だ。それにしても可愛い猫だ。癒し部屋にぴったりだ。

福を床に下ろし、俺も再びかがみ込む。彼はゆっくりとした口調でミャァー、ミャァーと鳴き続ける。福は一体なんと話しているのだろう。俺は彼の鳴き声が気になり、恐る恐る胸ポケットから眼鏡を取り出しかける。

「ミャァー。ミャァー」

あれ、今までと変わらない。俺はなぜかほっと胸をなでおろす。やっと普通の動物に会えた。俺は福の顔をのぞき込む。

目は飼い主に似てキリリとしてきつそうだが、どこか愛嬌がある。柔らかい白い毛で覆われた頭を撫でる。すると彼は気持ちよさそうに目を細め、もっと撫でろと頭を傾けすり寄ってきた。……癒される……そう思った瞬間、彼は人間の言葉で話しかけてきた。

「騙されたな。俺を普通の猫と思っただろう。もしかして『癒される』と思ったか。やっぱ馬鹿だな。俺様は猫だけに猫をかぶっていただけだ」

俺は頭を撫でていた手を引っ込める。やはりこの家には普通の動物などいないのだ。ほんの少し前まで癒されていた自分に嫌気がさす。

それにしてもこの猫、口が悪い。ほんの少し前まで愛らしかったのに、今では態度までふてぶてしい。その様子は飼い主をはるかに超える。

テンと言い福と言い、この癒し部屋には似合わない。彼女は何故こんな動物たちを飼っているのだろう。

俺はこれ以上福の話を聞く気が失せ、眼鏡を外した。彼はその様子を不満げに眺めている。

「眼鏡を外しても意味ないよ。俺は人間の言葉を話すから」

「えっ」

俺は素っ頓狂な声をあげ、その場で飛び跳ねる。

「気持ち悪い。なんで人間の言葉を話すの」

「気持ち悪いとは失礼な奴だな。俺は猫であって猫でない。式神だ。みんなはワシのことを福先生と呼んでいる」

彼の話が全く分からない。式神？　なんで人間の言葉を話す。さっきまでミャァーミャァーと可愛く鳴いていたのに。俺は次から次に起きる出来事に頭の中はいっぱいになり、今にも脳みそがこぼれ落ちそうだ。

「……ところで、式神ってなに？」

自分でもおかしなことを言っていると思いながらも、目の前の猫に真顔で訊く。すると福先生は勝ち誇った表情を浮かべ話し始めた。

「式神とは陰陽道などで使われる鬼神・使役神のことで人の目に見えない」

「陰陽師と言えば安倍晴明とかのことですか」

俺は本やテレビで出てくる安倍晴明を思い出し、偉そうに話す猫に敬語で訊く。なんで猫に敬語で話しているのか自分でも分からない。なんとなく偉そうに話しているので、つい敬語になった。

「そうだ。晴明は人型に作った紙の人形に我ら式神を入れ掃除や洗濯をさせておった。全く人使いの荒い奴だった。いや、式神使いの荒い奴だった。もともと我らは人の善悪を監視し、裏の世界の者たちがちょっかいを出さぬよう見張っているのだ。俺様はその式神のトップに君臨している」

福は阿倍晴明を知っているのか。晴明とはどんな人だったのだろう。

たった今、式神は人には見えないと言った。しかし目の前には福が座っているし、さっきまで頭を撫でていた。納得いかない表情を浮かべる俺をよそに、福先生は話を続ける。

「俺の仕事は表と裏の世界の監視だ。どちらの世界も自由に行き来できる。お前たちの住む表の世界の警察みたいなものだ。秩序を守らない者は人だろうが闇の者だろうが俺が滅する」

滅するとは「殺す」と言うことなのだろうか。可愛い顔して言うことは怖い。俺も滅せられないよう大人しくしておこう。

先生の話の中で「表の世界」「裏の世界」とか言う言葉が出た。一体何のことだろう。俺は疑問に思い訊いてみた。

すると先生は表の世界は今俺たちが暮らす世界で、裏の世界は俺たちの目には見えないもう一つの世界のことだと教えてくれた。その世界は、俺たちの暮らす表の世界と表裏一体らしい。分かったような、分からないような何ともモヤッとする。

「先生。ところで闇の者って誰のことなのですか」

「闇の者とは裏の世界の住人だ。もともと裏の世界などなかった。表の世界で恨みや嫉妬に取り憑かれ亡くなった者達があの世に戻らず、表の世界に留まった。そんな魂が増え続け、いつの間にか闇の世界を作り出した。その世界では数百年生き続ける者もおり、表の世界に悪事を働くようになったのだ。そのため表と裏の世界を監視するため我ら式神が生まれたのだ。分かったか小僧」

目を見開きドヤ顔で話す先生に、俺はフローリングに正座し神妙な顔で頷く。普通、逆だろう。

その後、なぜか福先生の有難くもない小言に付き合う羽目になる。

ひとしきり小言に付き合うと満足したのか「もう帰る」と言って踵を返し壁に向かって歩き始めた。

「先生、そっちは壁ですよ」

俺の呼びかけに先生は頭だけ振り返り「……ふっ」と笑い、そのまま壁に向かって歩き続ける。猫専用の扉でもあるのか。そう思い見ていると、そのまま壁をすり抜け消えてしまった。俺はキツネにつままれたようにポカンと口を開ける。

消えた……

我に返り、先生が消えた壁を叩いてみる。しかし隠し扉などどこにもない。この家、一体どうなっている。考えれば考えるほど釣り糸が絡まったように頭の中は混乱する。俺はこの部屋が怖くなり、掃除道具を手にリビングに逃げる。この家に来てやがて三時間が過ぎる。次から次に起きる不思議な出来事に、俺の理解を超え訳が分からない。次は一体何が起きるのか。心臓の音が耳につき、頬が引きつっているのが自分でも分かる。

少し頭を冷やそうとカバンの中から水筒を取り出しベランダに出る。雨上がりの外の風は冷たく気持ちを落ち着かせてくれる。地平線には富士山が顔をのぞかせていた。水筒に入れたジャスミンティーが喉をヒンヤリ通り抜ける。この辺りに高い建物はなく、ベランダに冷たい風が吹きつける。

ベランダで頭を冷やしていると、後ろから彼女の声がした。

「お疲れ様。綺麗になったわね」

俺は慌ててベランダから戻る。

「部屋の掃除は終わりました」

彼女は部屋を見渡し満足しているようだ。すると彼女の視線が俺の胸ポケットに止まった。

「その眼鏡かけてみた。面白かったでしょう」

しまった。眼鏡を書斎に戻し忘れた。

「すみません。勝手に持ち出して」

「眼鏡を持っていると言うことは、日記も読んだようね」

何もかもお見通しだ。俺は観念して素直に謝まった。

「勝手に日記を読んですみません。小学六年生の大阪に遊びに行った時の物を読みました。しかしあの日記にはどんな仕掛けがあるのですか」

「仕掛け」という言葉に彼女は笑い出した。

「あれは机にあった万年筆で書いたのよ。インクの代わりに私の念を込めているからその眼鏡を使わないと字が見えないの。勿論書いた私は眼鏡など必要ないけど」

インクの代わりに念で書く。意味が分からん。とりあえず俺は頷く。

「その眼鏡は裏の世界が視えるよう、私の念が込められているの。悪魔やお化けなどの住む世界を覗くことができるのよ」

確かに眼鏡越しに窓の外を見たら、それまで晴れていた空が急に土砂降りの雨に変わったり、雲間に龍まで見えたりした。あれが裏の世界なのか。

「ところで田辺君、眼鏡をかけたら不思議なことが起きなかった」

そうだ。眼鏡をかけると急にテンの鳴き声が人間の言葉に変わり彼女と話ができた。

裏の世界、興味は湧くが怖い気もする。いきなりお化けや妖怪が現れ襲われても何もできない。見えなければそんな危ない目にも遭わない。不安な顔をする俺に彼女はいたずらっ子のような表情を浮かべ話し始めた。

「その眼鏡、最初から田辺君にあげるつもりで買ったの。まさか先に使っているとは思わなかったけど。好奇心旺盛なのね」

俺は目を丸くし、眼鏡に目を向ける。この眼鏡、彼女が使っているとばかり思っていた。

「すみません。たまたまこの眼鏡が机から落ち、戻そうと手に取ると不思議なことが次から次に起きたのです。まるで何かに導かれているかのようでした」

本当に不思議なことが起きた。誰もいない部屋で日記を手にすると勝手にページが進み、白紙だった物に文字が浮かび上がる。今まで生きてきた人生で一番驚いた出来事が次から次に起きた。それもたった三時間ほどの間に。

ところで裏の世界を視るために彼女はどんな眼鏡を使っているのだろう。そんな俺の心の聲に彼女が答える。

「私は眼鏡を使わなくとも裏の世界が見えるし、白紙に見えていた日記の文字もちゃんと読めるの。その眼鏡はあげるけど、私と一緒にいる時、もしくはこの部屋にいる時だけかけてね。一人でいる時掛けると闇の者たちが寄ってくるわよ」

「藤崎さん、脅かさないでくださいよ。私はただでさえビビリでホラー映画や怪談などは苦手です」

　そう話すと彼女は大口を開け笑う。美人で近寄りがたい雰囲気だが、笑うと愛らしい。するとすかさず俺の心の聲に彼女は反応する。

「ありがとう。そんなに近寄りがたいかな。いつも笑顔でいなくちゃね。そうそう、私を呼ぶ時は藤崎ではなく名前のハルで呼んでくれない。みんな私のことはハルと呼んでいるの」

　また心の聲を読まれた。それにしても、やりにくい。

「分かりました。ハルさんと呼びます。私のことは田辺でも明生でもどちらでもいいです。中学までは明生と呼ばれていましたが、最近は田辺で呼ばれることが多いです」

　彼女は頷き「よろしく、明生君」と弾ける笑顔で答えてくれた。俺と彼女の距離が少し縮まったように感じた。

　掃除を終えた俺は帰り仕度を始めた。すると彼女は次の仕事について話し始めた。今週の土曜日に悩み相談を受けているので、九時にマンションに来て欲しいと言われた。俺は頷き「九時前に伺います」と答える。ハルさんから眼鏡ケースを受け取りマンションを出た。

　アルバイト初日の仕事が終わった。帰り道今日起きた不思議な出来事を思い出す。

白紙の日記に文字が現れ、コザクラインコと話をする。また自称式神の福先生からはなぜか説教をされ、その彼は壁の中に消えて行った。

友達に今日の出来事を話したら、すぐ病院へ行けと言われるだろう。それほど摩訶不思議な出来事が次から次へと起き、自分でもよく逃げ出さなかったなと感心する。いつもならとっくに逃げ出していただろう。

でもなぜ逃げ出さなかったのだろう。理由は初めに読んだ日記のせいだろう。彼女は小さい頃から他人には理解できない悩みを抱え、逃げずにこれまで生きてきた。これくらいのことで逃げ出していたら小学六年生の彼女にも劣る。きっとそう思い逃げ出さなかったのだろう。

ふと保険会社の人が訪れることを思い出した。しまった、今から引き返そうか。そう思ったが今日は色んなことが一度に起き、身体と頭が家で休みたいと言っている。俺はそのまま自宅に向かった。


助手としての二度目の出勤は、またもやあいにくの空模様となった。傘には大粒の雨が音を立て落ちている。俺は先の見えない不安を感じながらも、心の片隅では今から起きる不思議な出来事に興味が湧く。大きめの傘を広げカバンにはハルさんに貰った眼鏡をちゃんと仕舞った。

部屋に到着するとさっそく部屋の掃除に取り掛かる。洗面所から掃除機と布巾を取り出し掃除を始める。リビングと書斎の掃除を終え最後は問題の癒し部屋を残すのみだ。この部屋には天敵のテンがいる。またホー、ホーと言うに決まっている。

俺は家から持ってきた耳栓をして癒し部屋に入る。何があってもテンと目を合わせないようにしよう。手早く癒し部屋の掃除を終え部屋を出る。扉を閉める瞬間、テンと目が合う。恨めしそうに見つめるテンに俺は今度ゆっくり遊んでやるとつぶやく。するとテンの目が輝く。どうやら俺の話が分かっているようだ。

リビングでは彼女が相談者の資料に目を通していた。今日の相談とはどんな内容なのだろう。俺も一緒に話が聞けるのだろうか。そんな俺の心の聲に彼女がさっそく答える。

「明生君はダイニングテーブルで私たちの話を聞くと良いわ。その時、このノートに話の内容を書き留めてちょうだい」そう言って万年筆とノートを手渡された。

「相談が始まったら眼鏡をかけて聞いてね。きっと面白いものが視られるわよ」

彼女はなぜか嬉しそうに目尻を下げる。

ちょうどその時インターフォンのベルが鳴る。どうやら相談者が到着したらしい。しばらくすると玄関のチャイムが鳴り俺たちは玄関に向かう。

ドアを開くと少し歳の離れた夫婦が並んで立っており、女性は赤ちゃんを抱いていた。

「お待ちしておりました。どうぞ中にお入りください」

そうハルさんが話すと二人は玄関で簡単な挨拶を済ませ部屋に入る。

俺はそのままダイニングへ向かい、準備しておいたカップにコーヒーを注ぐ。

カップから白い湯気と共に甘いナッツの香りが広がってきた。その時、コーヒーの香りをかき消すように、ベランダから冷たい風が入ってくる。

風の吹く方へ目を向けると、ハルさんがベランダのガラス戸を少し開け戻ってきた。

部屋の中は暑くもないのになぜガラス戸を開けるのだろう。冷たい風に部屋の空気が一瞬で変わる、そんな気がした。

眼鏡をかけ三人にコーヒーを運ぶ。リビングではすでに自己紹介が始まっていた。

ハルさんに続き俺が挨拶をする。

「助手の田辺です。よろしくお願いします」

「斎藤隆司《さいとうたかし》です。妻の唯奈《ゆいな》と子供の有紀《ゆき》です」

彼が家族の紹介をした。夫の隆司さんが四十二歳、妻の唯奈さんが三十二歳と十歳離れていた。若い奥さんと一緒にいるため、実際の歳より若々しく見える。彼女の腕の中で眠る有紀ちゃんは生後十か月の女の子だ。

隆司さんに目を向けると、髪の毛は短く刈り上げ、四角い顔は日焼けし、分厚いレンズの眼鏡をかけている。分厚いレンズのせいか眼が大きく見え、眉間に皺を寄せ話す姿はまるでパグそっくりである。

彼の服装は、青いストライプ柄のシャツに光沢のあるグレーのパンツ姿で、いかにも高級品という雰囲気が漂っている。四角い顔と大きな眼が特徴の彼を、俺は勝手に「パグ」と名付けた。

次に妻の唯奈さんに目を移す。小顔で耳がぴんと上に立っている。顔の作りは小さいが、大きい目に黒い瞳がはっきりと見えチワワに似ている。

服装は、オレンジ色の大きめのトレーナーに、常盤色のロングスカートを穿いている。スカートは身体の線にぴったり合い、細身の身体がよりか細く見える。長い黒髪は木目柄のバレッタで留められ、赤ちゃんの顔に掛からないようにしてある。小柄で愛らしい顔をしているが、部屋に入った時からうつむき加減で表情は暗い。

二人並ぶと同じ犬顔ではあるが特徴は対照的である。

生後十か月の有紀ちゃんはピンク色のベビー服を着ており、胸には子犬の絵がプリントされている。ただ、眼鏡越しに有紀ちゃんを見ると、身体の周りを灰色の雲が覆っている。その雲は彼女を包み、まるで生き物のようにうごめいている。

なんだ、あの雲のようなものは。俺がそう思っていると、ハルさんが子供を抱かせてほしいと立ち上がった。彼女は寝ている赤ちゃんに向け両手を伸ばす。ハルさんの腕の中で有紀ちゃんが目を覚ます。するとハルさんは、可愛いを連呼し始めた。

しばらくすると、有紀ちゃんの周りでうごめく灰色の雲が次第に薄くなってきた。俺は見間違いかと目を凝らし有紀ちゃんを見つめる。やはり灰色の雲は薄くなっている。

その後有紀ちゃんの周りにうごめく雲は完全に消えた。ハルさんにもあの雲が見え、祓ったのだろう。

得体の知れない雲が消えると、部屋の空気が変わり、部屋は元に戻る。

有紀ちゃんの笑い声が部屋の中に響き、束の間リビングは和やかな雰囲気になる。

ハルさんは唯奈さんに赤ちゃんを戻すと、そのままベランダのガラス戸を閉めに行った。有紀ちゃんの身体を覆っていた灰色の雲と何か関係があるのだろうか。俺はその間にダイニングに戻る。

ハルさんがソファーに座ると、それまで柔らかかった表情から急にスイッチが入ったかのように精悍な顔つきに変わり話し始めた。

「今日の相談内容ですが、有紀ちゃんが原因不明の熱が続き病院でも原因が分からず困っている、と言うことでしたね」

パグの目が一瞬大きく見開き、頷きながら話し始めた。

「そうです。この子は今十か月を迎えましたが、六か月を過ぎたあたりから急に熱が高くなりうなされ始めました。夜になると高熱のせいか、突然火が付いたように泣き出しどんなにあやしても泣き止みません。それも決まって夜中の一時頃に泣き始め、三十分ほどすると突然泣き止みそのまま寝てしまいます。病院で検査をしましたが何の異常も見つかりませんでした」

「そうですか。それは本当に心配ですね」

ハルさんが頷く。唯奈さんに目を向けると今にも泣きだしそうな顔で有紀ちゃんを見つめている。きっと先ほどの灰色の雲が関係しているのだろう。そう思いながらリビングでの話に耳を傾ける。

「それ以外に何か変わったことはありませんか」

その問いに、パグは額を擦り、何かを思い出したように話し始めた。

「そう言えば最近、誰もいない家でたまに物音がしたり、人の気配を感じます。気のせいかもしれませんが」

パグの眼は細くなり、神経質そうな瞳に変わる。どうやら家の中でも異変が起きているようだ。

「分かりました。これから私の身体に、様々な神々が降りて参ります。神々はあなた方のこれまで歩んだ人生や、これからのことについてお言葉を述べられます。そのお言葉を受け、二人で進む道を決めてください」

彼女はそう話すと椅子に浅く座り、背筋を伸ばし姿勢を正した。次に手を合わせ目を閉じると呪文のようなものを唱え始めた。

「オン　バサランダンドバン……」

静まり返った部屋の中に、彼女の声が響き渡る。すると急に部屋の空気が変わり、部屋の温度も下がる。リビングでは張り詰めた空気が増す。これから何が起きるのか。目の前の二人もただならぬ気配を感じ、背筋を伸ばし姿勢を正す。パグの表情は緊張からか強張り、神妙な顔が余計にパグそっくりになる。リビングは不思議な静寂に支配される。

「胎蔵界《たいぞうかい》様のお言葉」

目を閉じているハルさんの口から、奇妙なナレーションが漏れる。次の瞬間、眼鏡越しに彼女の姿が年配の髪の長い女性に入れ替わった。

俺は身体を前のめりにし、椅子に座る女性をまじまじと見る。やはりハルさんとは別の女性が座っている。

「なんじゃこりゃ……」

突然の出来事に声が漏れる。俺は両手で口をふさぐ。しかし二人ともピクリともしない。どうやら聞こえていないようだ。俺はほっと胸をなでおろす。

俺は一度眼鏡を外し直接見る。そこにはハルさんが姿勢を正し座っている。再び眼鏡をかけ彼女に目を向ける。やはりそこには五十代くらいの女性が椅子に座っている。

その女性は面長で、さらさらの長い黒髪が光を反射している。切れ長の目がほんの少し吊り上がり、見た目に気が強そうな感じだ。身体は真っ白な布に覆われ上品なオーラを振りまいている。

ダイニングから穴が開くほど見つめていると、その女性と目が合う。すると俺は蛇に睨まれた蛙のように身体が動かなくなる。

女性が視線を逸らすと、それまで動かなかった身体が動きだした。神様の力はやはりとてつもない。目が合っただけでこれほどの力があるのか。

身体は動き出したが、俺は緊張して冷や汗が噴き出る。一度深呼吸をして落ち着かせ、女性の話に耳を傾ける。

「今日はよく来てくれたわね。まあ、私たちがここに来るよう仕向けたのだけど。ハルに会わなければ、娘さんの命はなくなっていたわよ」

彼女の声と語り口調がハルさんとは全く違う。明らかに別の女性の者だ。背筋を伸ばし聞いている二人も驚きのあまり目を見開き、ハルさんを食い入るように見ている。パグに至ってはポカンと口を開け固まっている。

年配の女性は穏やかな口調だが内容はのっけから鋭い。確か初めのナレーションでは胎蔵界様と言っていた。

俺は目の前の女性がどんな神様なのか気になり、スマホで「胎蔵界」と検索してみた。スマホの画面にはぎっしりと検索結果が現れる。

「大日如来　胎蔵界　金剛界」

【大日とは大いなる日輪と言う意味で、宇宙の真理を意味し、すべての生き物は大日如来から生まれてくる。無限の慈悲の広がりを象徴し、すべての森羅万象がその中に包み込まれる。種の起源】

俺は検索結果に目の玉が飛び出るほど驚き、恐る恐る胎蔵界様に目を向ける。見た目は近所に住む年配の女性と変わらない。しかし眼力は途轍もなく強い。先ほど目が合っただけで俺の身体は棒のように固まってしまった。

そう言えば金剛界様と二人が種の起源と書いてある。もしかしてアダムとイブと言うことなのだろうか。当時のリンゴはどんな味だったのだろう。恐竜とかも普通にウロチョロしていたりして。俺の想像は相変わらず馬鹿な方向に向かってしまう。

すると胎蔵界様は俺を睨みつける。やばい、そう思った瞬間、また身体が固まり今度は息もできなくなった。彼女の視線が外れ身体の自由が戻る。馬鹿なことを考えている場合でない。俺は頭の中を空にして胎蔵界様の話を聞く事にした。

「娘さんの具合が悪いのはあなたのせいよ」

胎蔵界様は次のパンチを繰り出す。ストレートパンチは顎にヒットし、すでに彼はノックアウト寸前。瞳は上下左右に動きまわっている。そんな彼の様子を察し、胎蔵界様は別の話を始めた。

「あなたは弁護士として依頼人に対してはよく弁護しているけど、間違った判断をしたことはないかしら。依頼人を守るため、彼らの話を鵜のみにしていないかしら。人の心はいつも澄んでいるとは限らないわ。自分の罪を隠すため嘘を吐く者もいる」

パグは弁護士をしているのか。どうりで身につけている物が高価な物ばかりだ。

彼は弁護士と言う仕事柄、恨みを買うことも多いだろう。その恨みが赤ちゃんの高熱の原因か。そう思いながらパグに目を向ける。いまだに黒目が動きまわり落ち着かない。

「あなたの担当した裁判で被害者から恨まれることはなかったかしら。あなたは法廷で事実のみを唱えてきたのかしら」

パグはおぼつかない表情を浮かべ話す。

「裁判で被害者から恨まれることはあったかもしれません。しかし、間違った判断をしたことはありません」

パグは動揺しながらも法廷で話をする様に淡々と胎蔵界様に返事をした。彼女はパグの話に、眉が少し上がり切れ長の目が一段と細く険しくなる。

「それは依頼人の都合の良い話に乗り裁判をすすめたからではない。事件をいろんな角度から見ることとは、弁護士として当然の務めではないかしら。依頼人を守るためなら事実を曲げても良いの。いつからあなたは手足に枷を付けられたのかしら」

パグはうつむき胎蔵界様から視線をそらした。きっと胎蔵界様の話に思い当たる節があるのだろう。裁判で事実を曲げ、依頼人の利益を優先させたことがあるのだろう。

「あなたはなぜ弁護士になったの。初めの志は高かったようだけど。弱い立場の人たちを助け、社会から落ちこぼれた人たちを救うため弁護士になったのでしょう。今では落ちこぼれた者たちを切り捨て、強き者の言いなりになっていないかしら。今のあなたをこれから成長していくこの子は尊敬できるのかしら。あなたの人生はあなただけのものではないのよ。家族や周りの人にも大きな影響を与えていることを忘れないで」

胎蔵界様は子供に諭すような穏やかな口調で話す。パグは相変わらずうつむいたままだ。隣の唯奈さんはその様子を心配そうな目で見つめている。

「その子の体調不良はあなたの過去の仕事が原因よ。今回のハルとの出会いを自分を見つめ直す機会にするのよ。可愛いその子のためにも必ず解決しなさい。あなたが愛するその子のためにも」

胎蔵界様はそう言い残すと急に気配が消えていく。

「えっ……これで終わり……」これからの話の展開に期待していた俺は肩透かしを食

らう。

眼鏡越しに見る胎蔵界様の姿は消え、ハルさんに戻った。

パグは過去の裁判を思い出しているのか、床の一点を見つめたまま動かない。胎蔵界様の気配が消え、いなくなったことすら気付いていないようだ。

部屋の中の空気が一段と重くなる。その時、ハルさんに次の神が降りてきた。

「観世音菩薩《かんぜおんぼさつ》様のお言葉」

甲高い声で例の奇妙なナレーションが流れる。ちゃんと名乗って現れるところは律儀でさすが神様。

観音様の名前は神様に疎い俺でも聞いたことがある。本当に観音様が現れたのだろうか。俺は半信半疑な思いで女性に目を向ける。

眼鏡越しに映る女性は、黒髪が肩にかかるほど長く、切れ長の目は月の光を宿したようで、見るからに優しそうな神様だ。かすかに微笑む姿は神々しく、後ろには後光が差している。胎蔵界様の時と同様、その光景に無意識に手を合わせたくなる。

「今日はよく来てくれました。ありがとう」

観音様は二人に話しかけると、パグはやっと我に返り慌ててお辞儀する。彼女の口調や声は先ほどの胎蔵界様とは全く違う。本当に目の前にいるのは観音様なのか。神社で見る観音様とは違い本物はすがりたくなるほど優しい表情をしている。

「この子には因縁が憑けられています」

観音様のこの言葉に部屋の空気が凍り付く。しばらくの間、部屋の中は物音一つない静けさに包まれる。観音様は二人を見渡し話し始めた。

「その子に憑いた因縁を断ち切るため、これからハルと共に複雑に絡み合った事象の糸を解いていくのです。鍵はあなたの仕事の中にあります。闇の者がある者の心を支配し、この子に因縁を憑けたのです」

観音様の話の中で因縁という言葉が出た。俺は「因縁」を携帯で調べる。今回もまた画面いっぱいに検索結果が表示された。俺はその中から最初の「因縁」を開く。

【仏教用語で、結果を引き起こす直接の内的原因である因と、それを外から助ける間接的原因である縁。仏教ではすべての生滅はこの二つの力による】と書いてある。なんだこりゃ……全く分からん。モヤッとした気持ちのまま観音様の話に耳を傾ける。

「今のあなたを見ているとあなたの父親を思い出します。あなたは同じ道を歩んでいます」

パグは一瞬眉をしかめた。父親と同じ道を歩んでいることが不満なのか。

「日々の仕事に追われ、ゆっくり家族と過ごす時間もないようですね。このままでは父親と同じ結末を迎えることになるでしょう。今回、何の関係もないこの子が、あなたが引き寄せた因縁に苦しんでいます。そして今まさにあなたが愛するこの子が、その因縁によりこの世から消えようとしているのです」

観音様の「消える」の言葉に二人は息を呑む。

「観音様。この子が死ぬと言うことですか」

パグはうなるような声で尋ねる。

「そうです。このままではこの子は因縁により命を落とすでしょう。せっかく二人のもとに生まれてきた命が消え、天上の世界に戻ることになるのです」

二人は突然の話に戸惑い、観音様に助けを求めるような目で見つめる。

「私が誰かの恨みを買い、この子に因縁が憑いたと言うのですか。正直、まったく覚えがありません」

彼は暑くもない部屋の中で、一人額から汗を流している。本当に恨みを買う覚えがないのか、嘘を吐いているのか分からない。しかし尋常でない汗の掻き方からすると心当たりはありそうだ。すると観音様が重たい口を開いた。

「心当たりがなければ仕方ありません。今からハルと一緒に因縁の源をたどってもらいます。この子を救う道はそれしかないのです。私がお話しできることはここまでです。必ずこの子を救う道を探し出してください。また、この学びからあなた自身、家族との関係をもう一度見つめ直すのです」

観音様は優しい表情で話をしているが因縁のもとは教えてくれなかった。すべてを教えてくれるわけではなさそうだ。その優しい表情が逆に怖く感じる。

「待ってください。まだ聞きたいことがあります」

パグは気配が消える観音様にすがるような声をあげた。しかし目の前の女性はすでにハルさんに戻っている。彼もその気配に気付いたのか肩を落とす。

次の神様が彼女に降りてきた。

「幣立神宮《へいたてじんぐう》御主のお言葉」

三度、耳に付くナレーションが流れる。それにしても「ヘイタテ神宮御主」とはどんな神様なのか。目の前には頭の禿げた老人が座っている。本当に神様なのか。今まで現れた神様とはどこか雰囲気が違う。見た目は貧乏神のような雰囲気を醸し出している。俺がそう思った途端、幣立神宮御主は直接俺の心に話しかけてきた。

「貧乏神じゃない。失礼な奴だな」

目の前の老人から直接届いた心の聲に驚き、慌てて右手で口を押さえる。知らぬ間に頭を縦に振り、なぜかお辞儀する。

しかし初めて聞く名前の神様だ。どこかの神社の守り神なのだろうか。俺はさっそく携帯で調べてみる。

画面に現れたのは、九州のへそと言われる熊本県蘇陽町にある神社だ。国始めの高天原神話の発祥の地と書いてある。天孫降臨物語はここから始まったと書いてある。

高天原と言えばあの世とこの世を結ぶ場所として須佐能男命が亡くなった母親に会いに行った場所だ。本当にそんな場所が有るのか。

携帯で続きを読むと、その神社は一万五千年の歴史があると書いてある。この老人、一体何歳……まさかと思うが一万五千歳なのか。俺が携帯の画面を覗いていると、その老人が「そうだ。一万五千歳だ」とまた直接俺の心に話しかける。

「嘘でしょう……一万五千年も生きているの……」

つい俺は心の中でつぶやく。すると老人は、後光ではなく髪の毛のない頭を光らせ、俺を睨みつけ声を上げる。

「もういいかな、若造」

御主は呆れたような声を上げる。俺はその場に立ち上がり「すみません」と頭を深々と下げ謝った。突然の出来事に二人はうしろを振り返り、何があったのかと目で訴える。「もうよい」御主はそう言うと視線を二人に向ける。

「ところで後ろにいるあの者がお主のことをパグと呼んでおるが、どういう意味であろうのう」

俺の心の聲はすべて聞こえているようだ。

パグは振り向き俺を見る。しかし御主の話が分からないのか、そのまま頭を元に戻す。助かった……勝手にあだ名をつけたことに気付いていない。俺の額からは汗が流れ落ちる。余計なことは考えず、御主の話に集中しよう。それにしても御主の口調は老人そのもので声色も男性のものに変わった。目の前の二人も目を丸くしてハルさんを見ている。

「話は変わるが、お主の両親はすでに亡くなっているようだな。生前親孝行もせず、今も墓参りにさえ行っていないようだが、お主は一人で大きくなったと思っておるのか」

急に両親の話に変わった。赤ちゃんの因縁とは関係ない話だ。パグも少し戸惑いながら返事をした。

「一人で大きくなったとは思っていません。確かに親孝行をする前に二人とも亡くなったことは事実です」

パグは少し落ちつきを取り戻したようだ。その瞳も今は御主を見つめている。

「ほう。両親が亡くなり墓参りもしない者が、生きているうちに親孝行を考えていたとは思えないが。まあ、それはよかろう。母親とは仲が良かったようだが父親とは話もしていなかったようだな」

「父は仕事が忙しく週末も働いているような人でした。平日、家に帰る時間も遅く、父と顔を合わせる時間もほとんどありませんでした」

彼は冷静に話を進めた。さすが弁護士、淡々とした語り口だ。

「母親は病気で亡くなったようだが、父親は自殺だったようだな」

「えっ、自殺」

俺はみんなに気付かれないほどの小さな声でつぶやく。なんだか雲行きが怪しくなってきた。パグの様子も徐々に変わりはじめ、膝が小刻みに揺れ始める。

「母が病気で亡くなると父親は気落ちしたのか、二年後に自宅で首を吊り自殺しました。なぜ父が自殺したのか私には未だに分かりません」

「馬鹿者。ここでの嘘は何の意味もない」

急に声を張り上げ怒鳴る御主。俺の身体もピクリと動く。パグもその怒鳴り声に身体が大きく揺れた。

「お主は自分の体裁を気にするあまり、事実を曲げ物事を見ているようだな。胎蔵界様が話していたように、手足に枷をはめられ生きておる。弁護士たる者事実に目を向け、相手の心の動きに惑わされることなく心素直、素直にしてこそ真実が見えてくるものだ」

パグは子供が叱られているように、顎が胸につくほどうなだれている。きっと御主の話は図星なのだろう。

急に家族の話になった。しかし因縁は仕事の恨みで憑けられたのではないのか。父親の自殺と因縁との関係も気になってきた。俺はノートに書き留め、次の展開を見守る。

「ところで実家は今どうなっておるのじゃ」

「売りに出しています。二年経ちましたが、今も売れていません」

御主はパグの話に何か言いかけ、言葉を飲み込む。何かあるのか……。

その後、御主は仕事の話へと話題を変えた。やはり鍵を握るのは裁判での恨み事のようだ。ただ、どの裁判で恨みを買ったのか、パグも分かっていないようだ。いったいどうやってその事件を探すのだろう。パグの表情は暗い。

人は些細な出来事で恨みを買う。まして弁護士という仕事柄、恨みを買う機会は多いはず。恨みの種は尽きない。

すると御主は子供の因縁に関係する事件を三つ教えてくれた。

一件目は彼が法律事務所に入り二年目に関わった裁判だ。今から十五年前の事件らしい。依頼人は三十代後半の男性で、見知らぬ男女数名が参加した飲み会後の事件だ。飲み会に参加し泥酔した女性を依頼人が自宅まで送り、その際彼女のマンションで強姦したと訴えられた件だ。依頼人の男性は一貫して無罪を主張。裁判では準強制性交等罪を争うことになった。判決では依頼人を犯人とするには証拠が不十分で、無罪となった。

二件目の事件は今から八年前。三十代のテンカンの持病を持つ男性が車の運転中、ゆるやかなカーブを曲がり切れず歩道に乗り上げ歩行者をはね、数週間のけがを負わせた事故だ。警察は過失運転致傷罪で起訴した。事故の原因がテンカンの発作によるもので、裁判では加害者が通院している病院の治療報告を受け、事故を予測することは難しいと判断され無罪となった。

三件目の事件は今から二年前。依頼人はバーでお酒を飲みすぎ、隣の席のお客と口論になり怪我を負わせた事件だ。当時、加害者は過度な飲酒で隣の男性に絡み、全治一か月の怪我を負わせた。被害者の男性は警察に被害届を提出。加害者の父親は法律事務所の主要取引先の役員で、父親からの依頼で被害者への謝罪と示談金の交渉を行い示談が成立した。

御主が教えてくれた三件の事件が赤ちゃんの因縁にどう関わっているのか、皆目見当がつかない。

パグも眉間に皺を寄せ記憶をたどっている。しかし思い当たる節はなさそうだ。何せ十五年前の裁判である。記憶も曖昧だろう。御主は戸惑う彼を見ながら、最後は情のこもった穏やかな口調で話し始めた。

「この子の因縁を祓うため過去の裁判をもう一度振り返りなさい。がんばれよ。私たちはいつもお主の近くで見守っているぞ」

親が子供を励ますように幣立神宮御主は低い声でゆっくり語る。さすが一万五千歳の貫禄である。俺は妙なところに感心する。

　パグも因縁の引き金となる三件の事件が分かり、少しほっとしているようだ。その事件と因縁の関係は、今はまだ分からない。

　その後の面談では彼女に数人の神が降り、斎藤さんへのアドバイスをしていた。面談は一時間が過ぎ、ようやく終了した。

　神々を自分の身体に降ろし面談を終えた彼女は少し疲れた表情を浮かべている。俺にとっても今まで雲の上の神様をまぢかで見ることができた。夢かと思い何度も眼鏡をかけ直し、頬を抓ってみたが目の前には神様がいた。その迫力は凄まじく目が合っただけで身体が固まり身動きできないほどだ。本当に神様はいた。神々しいと言う言葉通りの神々を目の前にし、いまだ興奮が冷めない。ただし幣立神宮御主は普通の年寄りに見えた。しかしその年齢は『スター・ウォーズ』に登場するヨーダの数十倍だろう。

　俺は椅子を抱えみんなの集まるテーブルに移動した。

　パグはこの一時間、顔の色が赤くなったり青くなったりとせわしなく変わっていた。彼にとってこの一時間は、とてつもなく長く感じたことだろう。なぜなら疲労で、顔の皺が増え別人のようになっている。

　変わり果てたパグは、子供を見ながら何かつぶやいている。

「私がこの子を守らなくては」

そう言っているように聞こえた。疲れた表情をしているが、瞳には強い光が宿っている。

ハルさんはコーヒーに口を付け一呼吸置くと二人に話しかけた。

「神々との面談で過去の事件の話が出ました。三件の事件に何か思い当たることはありませんか」

「いいえ。三つの事件の関係者に同一人物はいません。起きた場所も離れているので何の関連もないと思います。詳しい内容は事務所に保管している資料を見なければ分かりませんが」

パグは大きい目を細め、昔の事件を思い浮かべながら話す。

「差し支えなければ、その三件の資料を見せてもらえませんか」

ハルさんはゆっくりした口調で彼に問いかける。

「個人情報も入っているので、その部分を黒塗りにした資料でよければお渡しできます。ただし本来表に出せない資料ですので取り扱いには十分注意をしてください」

弁護士らしくテキパキとした口調だ。

「勿論資料は私たち二人だけしか眼を通しません。有紀ちゃんの因縁を祓うため、三件の事件の中にある鍵を見つけたいと思います」

ハルさんの話しぶりも堂に入っており頼もしい。

「よろしくお願いします。私たちにできることは何でもしますので、どうか子供の因縁を祓って下さい」

彼はそう話しながらゆっくり頭を下げる。三件の事件は有紀ちゃんの因縁にどのようにかかわっているのだろう。

俺がハルさんへ目を向けると、何か思い悩んだ表情を浮かべている。

「有紀ちゃんを霊視していて、一つ気になることがあります。斎藤さんの自宅に悪い気が棲み着いているようです。その気が有紀ちゃんの因縁をより強くしているようです。因縁に巣くう悪魔と言えば分かり易いでしょうか。因縁によるマイナスの気が周りの悪魔を呼び寄せ、より強い因縁に膨れ上がっているようです。これ以上の魔力に有紀ちゃんは耐えられません。まずは自宅のお祓いをさせてもらえませんか」

有紀ちゃんの身体を覆っていた灰色の雲のことだろう。今は消えている。しかし自宅に戻ると再びあの雲が有紀ちゃんの身体を覆い体力を奪うのだろう。ハルさんの話を食い入るように耳を傾けていたパグの返事は早かった。

「できるだけ早くお願いします。自宅に何かいると思うと気持ちが悪く、有紀の苦しみも少しでも早く取り除きたいので」

妻の腕の中で眠る有紀ちゃんを見ながら彼は力強く返事をした。唯奈さんも大きく頷いている。

「それでは次の土曜日はいかがでしょうか。時間は十時頃伺えます」

「私たちはいつでも構いません。有紀のことが最優先ですから」

彼女は「分かりました」と返事をすると立ち上がり、ダイニングテーブルの上に置いてあった手提げ袋を手に取り戻ってきた。彼女はブランド名が入った袋から子供服を取り出した。服は濃いピンク色のロンパースで、胸には黄色で幾何学模様の柄が入っている。少し変わった模様の服だが、何か理由があるのか。

「このロンパースには因縁を取り除くおまじないが掛けられています。彼女が夜中、泣き止まない時などにこの服を着せてください。この服が因縁を取り除き、身体を楽にしてくれるはずです」

彼女がそう話すと唯奈さんは早速有紀ちゃんにロンパースを着せてみた。サイズはピッタリだ。真っ白な肌にピンクの服がよく似合う。目を覚ました有紀ちゃんは愛らしい瞳でなぜか俺を見つめている。有紀ちゃんに見つめられ、俺はなぜか照れる。しばらく有紀ちゃんの話で部屋の空気が和やかになった。

テーブルのコーヒーもなくなり、二人はソファーから腰を上げた。パグは唯奈さんの荷物を持ち玄関に向かう。その後ろを唯奈さんと俺たちが続く。

彼女に抱かれた有紀ちゃんが肩越しに顔を出し俺に向かい手を伸ばす。ぬいぐるみのような小さな手を開いたり閉じたりしながら、俺に向かい何やらつぶやく。

玄関で挨拶をするパグの表情は未だに曇っていた。問題は何も解決されず持ち越すことになったからだ。反対に唯奈さんは、有紀ちゃんの機嫌が良く、表情は明るい。それもそのはず、有紀ちゃんの身体を覆っていた灰色の雲は消えている。

「それでは次の土曜日にお伺いします」

ハルさんは、そう二人に伝え玄関で別れた。

少し疲れた様子のハルさんは、リビングに戻ると先ほどまで座っていた一人掛けのソファーに腰を下ろす。神々を自分の身体に降ろすことは、身体の負担が大きいのだろう。顔には疲労の色が現れ小さなため息まで吐いている。

「お疲れさまっス。なにか飲み物でも作りましょうか」

そう話しかけると俺がいることを忘れていたのか、急に作り笑いを浮かべる。

「そうねぇ。ブラックコーヒーは先ほど飲んだから、白でも黒でもないカフェオレをお願い」

白でも黒でもないカフェオレ。俺はこの言葉を胸の中でつぶやいた。物事は白黒つけられるものばかりではない。間を取った答え、曖昧な答えもあるという意味なのだろうか。なんて深い言葉だろう。俺が勝手に心の中でつぶやくと彼女は再び話し出した。

「ただカフェオレが飲みたかっただけよ」

俺は再び胸の中でつぶやく。ただカフェオレが飲みたかっただけ。

「えっ。ただカフェオレが飲みたいだけ……」

「そうよ。それだけ」

俺の勝手な思い込みではあるが、先ほど心に響いた言葉がこんどは妙に白々しく感じる。

「それでは白でも黒でもないカフェオレをご用意いします」

俺は少しムッとした表情で答え、そのままキッチンへ向かう。

コーヒーメーカーにコーヒーの粉をセットし少なめに水を注ぎスイッチを入れる。しばらくするとコーヒーメーカーから蒸気の音が聞こえ始めた。粉全体を蒸らし終わると音が止まり静かになる。さすが高級品。

今度はお湯がドリッパーに落ちる音が聞こえてくる。お湯はコーヒー豆を通り抜け、ポタポタと数滴サーバーに落ち始めた。コーヒーの深い香りとナッツの甘い香りがキッチンに広がる。

次に俺はミルクを温めるため冷蔵庫の扉に手を伸ばす。冷蔵庫を開けると中には食材がきれいに並んでいる。下拵えされた野菜はジップロックに入れられ、一つ一つ名前まで書かれていた。几帳面な人だな。彼女を見ていると大胆でダイナミックな男性的なイメージだ。しかし本来は繊細で細やかな人なのだろう。ついでに冷凍庫も開けて見た。こちらも食材がジップロックに入れられ綺麗に並んでいる。かなり几帳面だ。

片手鍋に牛乳を注ぎIHコンロのスイッチを入れる。しばらくすると鍋から白い湯気が昇り始め、スイッチを切る。

食器棚から白いカップを二つ用意しコーヒーをカップの中央まで注ぐ。カップの中に漆黒の世界が広がった。次に温めたミルクを黒光りするカップにゆっくり注ぐ。暗闇のカップに純白のミルクが光の柱のように伸びる。カップの中では相反する色が溶け合い、いつの間にかコーヒーでもミルクでもないカフェオレができ上がった。

俺はほんのり甘い香りが立ち昇るカフェオレをリビングに運ぶ。天板がガラスのテーブルの上にカフェオレを二つ並べ、正面の三人掛けのソファーに腰を下ろした。

「ハルさん。これからどうなるんスかね」

「そうね…。神々は今回、有紀ちゃんを救い、闇の者たちが関わる魔物も一掃しようと思っているみたい。その魔物も相当力が強いから明生君も死なないように頑張ってね」

「えっ。頑張ってねって、俺も何かするっスか。何もできませんよ」

「できなければ魔物に殺されあの世行きよ。まだ若いのにお気の毒様」

「殺される」っていとも簡単に話す彼女に俺は目が点になる。彼女はなぜか嬉しそうに笑っている。

「殺されるって冗談言わないでくださいヨ」

彼女は神々とでも話しているのか、俺と目線が合わないまま楽しげに笑っている。きっと俺の声も耳に届いていない。俺は精いっぱいの目力で彼女に視線を送る。俺の視線を感じハルさんは慌てて目線を合わせる。

「そうね。明生君にはパグから送ってくる資料の共通点を探してもらおうかしら。見つからなければお祓いの時に闇の者たちの気を引き、時間稼ぎでもしてもらうわ。明生君はそのくらいしか役に立たないしね」

真顔で話す彼女に冗談なのか本気なのか見分けがつかない。俺の背筋に寒気が走る。毒舌を通り越え、身の危険を感じる。また、俺が名付けたパグのこともすでに彼女はお見通しだ。彼女へ隠し事は出来ない。やりにくいったらありゃしない。心の中でつぶやく俺をハルさんは満足げに目じりを下げ笑っている。この人、相当なサディストだ。

「資料が送られてきたら連絡してくださいっス。俺も闇の者に殺されるのはごめんです」

俺は少しふて腐れ、カフェオレをいっきに飲む。ハルさんはそんな俺を見ながら忍び笑いを漏らす。一体誰に似たのか、性格は悪い。そう思ったとたん「性格は良い方よ」と何も言っていないのに返事が帰ってくる。心の中の聲もお見通しの彼女に俺はなすすべなくうな垂れる。

「まあ、そんなに落ち込まないで。たぶん大丈夫よ。たぶんだけど」

彼女の曖昧な返事に俺の不安は増す。気を取り直し彼女に訊いてみた。

「ハルさんには、有紀ちゃんに巣くう因縁の正体が見えているっスか」

「ぼんやりね。今はまだ分からないことが多すぎて、因縁の正体も分かっていない」

彼女でも分からないことがあるのだ。神々がすべて彼女に教えている訳ではなさそうだ。なぜだろう。俺の足りない頭で考えても仕方ない。そう思い空になった二つのカップをトレーに載せ片付け始めた。すると突然彼女が大声を出す。

「あっ。斎藤さんの自宅の住所を聞いていない」

彼女の大声に危うくトレーを落としそうになる。彼女はしっかりしているのか抜けているのか分からない。慌ただしく携帯を取り出しパグに連絡を始めた。先ほどまで弁護士相手に堂々と渡り合い、身体も一回り大きく見えていた彼女。しかし今はその面影もない。

次の土曜日、彼らの自宅に無事たどり着くのだろうか。俺の心の中はざわつき、妙な胸騒ぎがした。その胸騒ぎが現実のものとなるとは、今はまだ知らない。

二章

　二日後、ハルさんから斎藤さんの資料が届いたとの連絡を貰った。俺は翌日資料を取りに行くことにした。

　次の日の昼前、資料を受け取りに家を出た。外は日差しが刺すように強く、Ｔシャツの袖から出た腕がジリジリと焼ける。マンションにたどり着いた俺は、日差しから逃げるようにエントランスに駆け込む。

　エレベーターで最上階まで上がり玄関の呼び鈴を鳴らすとドアが開いた。

「おはようございます。資料を取りに伺いました」

　俺の声にハルさんは頷くだけだ。なぜか目は真っ赤に染まり今まで泣いていたのが分かる。何かあったのか。間の悪い時に来てしまった。二人の間に重苦しい空気が広がる。

「早く部屋に入りなさい」

　その声も蚊の鳴くような小声でいつもと違う。

「この後用事があるので資料を受け取ったらすぐに帰るっス」

面倒に巻き込まれるのはごめんだ。俺は咄嗟に嘘を吐いた。一刻も早くこの場から立ち去りたい。

「あら、何もないくせによくそんな嘘が言えるわね。お昼でも食べていったらいいじゃない」

そうだった。彼女に嘘は吐けない。なんか今日の彼女、いつもと違い押しが強い。どうする、どうする。もたつく俺に彼女の目が光る。

「さっさと入りなさい」

「はい」

俺はうなだれ玄関で靴を脱ぐ。このまま面倒ごとに巻き込まれるのか。心臓の音が耳につく。部屋に入るとダイニングの方から音楽が聞こえてきた。

その音楽は聞き覚えがある。ダイニングテーブルの上にはタブレットが置いてあり、映画のエンドロールが流れていた。

「なんの映画を観ていたっスか」

「『タイタニック』を観ていてちょうど今見終わったところよ」

もしかして、目が赤いのはこの映画のせい……まったく紛らわしい。これで面倒事はなさそうだ。俺はほっと胸をなでおろす。安心すると今度はお腹が鳴った。そう言えば起きてからまだ何も口にしていない。

「もう少し待ってね。今パスタを茹でるから」

彼女はそう話しながら、鍋に水を張りコンロのスイッチを入れる。また別のコンロにフライパンをのせると、冷凍庫からスライスしてあるニンニクときざんだ玉ねぎを取り出し炒め始めた。手際が良い。普段から料理をしているのだろう。

俺はテーブルの上に置いてある事件の資料に手を伸ばした。

その資料は所々黒塗りされている。どうやら依頼人や被害者などの名前が黒塗りされているようだ。テレビドラマなどで見る光景だ。しかし実際黒塗りされた資料を手にすると違和感がある。

キッチンからフライパンで具を混ぜ合わせる音がし始めた。何気に目を向けるとその姿は、まるでパスタ専門店のシェフのようにフライパンを揺らし混ぜ合わせている。その姿に俺はしばし見とれる。皿に盛り付け、最後に黒コショウをかけ完成したようだ。彼女は料理を手にテーブルに戻ってきた。二人で昼食を取り始める。

「一人暮らしで寂しくないっスか」

「福やテンがいろんな話をしてくれるから、寂しいと思ったことはないわね。特にテンは話好きで家であったことはなんでも話してくれるの。この間の明生君のことも自慢げに話していたわよ」

きっとテンが俺のことを馬鹿だの間抜けだのと言っていた時のことだ。テンが悪態吐く姿を思い出すと、無性に腹が立つ。目がクリッとして愛らしい顔をしているが、性格はかなり悪い。しかしいままで動物と話したことなどなかったが、案外動物たちは人間のことを馬鹿呼ばわりしているのかもしれない。

「ところでパグ……間違った、斎藤さんからの資料で何か分かりましたか」

俺の問いにハルさんの表情は冴えない。

「一度目を通したけど全然分からなかった。明生君に頑張ってもらわないとね。若いし、分からないと一生闇の者とお友達よ」

彼女は底意地の悪い目をしながら話す。まるで闇の者の餌食にしたがっていようだ。ふと彼女と目を合わすと、その瞳はどこか福の眼に似ていた。福の眼が彼女に似ているのか、彼女の眼が福に似ているのかは分からない。しかしどちらにせよ似た者同士なのだろう。

「まだそんなこと言っているっスか。勘弁してください」

「その方が面白いでしょう。私は自分の身は自分で守れるからいいけど、明生君を守るとは一言も言っていないしね」

俺は詐欺に遭ったような、そんな気がした。それでも猫の目のようにコロコロ変わる彼女の瞳に、俺の目はくぎ付けになる。

「とりあえず家で読んでみます。気付いたことは土曜日に報告します」

俺はそう話すと冷めないうちに残りのパスタを口に運ぶ。食べ終わると俺は二人分の皿を手に片付けを済ましマンションを後にした。
自宅に戻るとさっそく資料を取り出す。俺は、シャープペンを手に資料を読み始めた。

二〇〇六年四月二十一日、金曜日
被害者自宅　東京都東久留米市[redacted]
依頼人[redacted]は知人の紹介で男性四人、女性三人が集まる飲み会に参加。依頼人は三十八歳独身男性。飲み会に参加したメンバーは全員独身である。被害者の[redacted]は三十四歳の女性で、彼女には七歳になる男の子供がいる。全員が初対面で面識はない。
十九時から始まった飲み会は二十二時まで続き、その間被害者はビール三杯と酎ハイ三杯を飲む。依頼人はビール二杯と焼酎の水割りを一杯飲んでいた。二人ともかなりお酒が回っていた。
飲み会終了後、依頼人と被害者の自宅の方向が一緒のため、被害者の女性をタクシーで送り帰宅することになった。二人は居酒屋からタクシーで被害者の自宅に向かう。
被害者は四階建てのアパートの最上階に住む。タクシーがアパートに到着した時、女性は酔いが回りとても一人で歩ける状態でなかった。そのため彼は一旦タクシーを精算し部屋まで送ることにした。

被害者の肩を抱きかかえエレベーターに乗り、四階まで上がる姿がエレベーターの防犯カメラに写っている。

部屋の前まで来ると被害者の女性から鍵を借りドアを開ける。彼女を寝室まで運ぶとベッドに寝かせ依頼人は自宅に帰ったと話している。その時、家には誰もいなかったと話している。実際、別の部屋には七歳の子供が寝ていた。

一方被害者の女性は飲み会の席で泥酔していたことは認めているが、タクシーに乗った記憶と、依頼人が自宅を訪れた記憶は残っていると話している。また、依頼人が自宅を訪れた際、寝室で強姦されたと主張。本人の記憶は曖昧で、翌日目が覚めた時に着衣の乱れがあり、このことから強姦されたと主張している。

また、息子の[redacted]君が母親の寝室から物音が聞こえ寝室に向かっている。その時母親と見知らぬ男性が言い争っていたと話をしている。会話の内容は覚えていない。

裁判は準強制性交等罪として争うことになる。エレベーターの防犯カメラには、二人で乗る映像が残っている。その映像では、彼女は泥酔し依頼人の支え無しに一人で立っていられない状態であった。映像からはとても彼女に記憶が残っているとは思えない状況であった。

　また、彼が帰るためエレベーターに一人で乗る姿も映像に残っている。彼女を部屋に送り再びエレベーターに現れるまでの時間が十二分かかっていた。彼が自宅を訪れた際の行動は以下の通りである。

　被害者が水を飲みたいと話したため台所で水を汲み渡す。その後、彼は尿意を催しトイレを借りる。実際警察と現場検証で再現を行ったが五分ほど掛かった。エレベーターから自宅まで泥酔している彼女を運ぶのに二分ほどかかり、空白の時間は五分ほどである。依頼人は一貫して無罪を主張している。

　裁判では被害者の息子[redacted]君が証言した、言い争う声を聞いたと言う件が争点の一つとなった。彼女は言い争いではなく強姦されていたと主張。しかし五分ほどの短時間での強姦は難しく、七歳の息子の証言も曖昧な点が多かったため、息子の証言は証拠として取り上げられなかった。

　判決では彼が自宅を訪れていた時間での強姦は難しいと考えられた。また防犯カメラに残る彼女の泥酔状態から、彼女の記憶の信憑性に疑いが残ると判断され無罪となった。

　一つ目の資料を読み終わった。いくつか疑問が残る。五分ほどの空白の時間に依頼人は何をしていたのだろう。その時間に彼女の身体に触ることは十分できると思う。

着衣の乱れが裁判では出てこなかったが何故だろう。また、子供の証言が証拠として取り上げられなかっだのは疑問に思う。子供が嘘を言っているという証拠はないように感じる。

俺は思いつくままその書類に疑問点を書き留めた。それにしても被害者は裁判まして強姦被害を訴えたのに敗訴し、その後の生活は大丈夫だったのか。いずれにしても限りなくグレーな無罪判決に思えた。

俺は次の資料に手を伸ばす。

二〇一三年五月九日　木曜日

事故現場　埼玉県さいたま市桜区[redacted]

依頼人[redacted]は三十二歳の男性会社員でテンカンの持病を持っている。

事故当日の天候は晴れ。加害者の[redacted]は十七時十分頃、事故現場を運転中テンカンの発作を起こす。車は歩道に乗り上げ、帰宅途中の中学二年の男性三人を轢き、全治四週間の怪我を負わせる。

事故現場の道路は緩やかな左カーブで[redacted]は発作後カーブを曲がり切れず、そのまま歩道に乗り上げ事故を起こしている。歩道にはブレーキ痕はなかった。

罪状は過失運転致傷罪として起訴される。事故当時、警察の取り調べに対し運転中に持病のテンカンの発作を起こし、車をコントロールできなかったと自供している。その後弁護の依頼を受ける。内容は、被害者への対応と慰謝料の件についてである。

テンカンの治療状況を聞くため、彼の通院する病院に話を聞きに行く。主治医の説明では治療は月に一度適切に行われ、発作がいつ起きるか分からないと話していた。

裁判ではテンカンの発作が争点になった。判決では加害者の治療は適切に行われており、いつ発作が起きるかの予測は不可能であるとし、被告人に無罪が言い渡された。車の保険からは被害者への治療費が適切に支払われている。

裁判は無罪で結審したが、一点だけ依頼人が不可解なことを話している。当時の状況について確認したところ、彼は事故直前に「三人を殺せ」と言う声が聞こえたと話している。本人が声のする方に目を向けると、同じ制服を着た男子学生と目が合い、直後にテンカンの発作が起きたと話していた。しかし彼は車の窓を閉めラジオを聞きながら運転しており、単なる聞き間違いと思われる。

この件は本人の記憶違いの可能性が高いため警察の事情聴取では話をしていない。事故後、テンカンの発作が治まり辺りを見渡したが事故直前に見た学生は見つからなかったと話している。この件は本人の勘違いと思われ、裁判での混乱を避けるため証言していない。

テンカンと言う特殊な病気ではあるが、事故の被害者は納得いったのだろうか。保険で治療費は支払われても万が一、命を落としでもしたら死に損である。被害者やその家族としては釈然としない判決内容のように感じる。

これまでの二つの事件を読み進めたが共通する点がまったく見当たらない。第一の事件は準強制性交等罪。二番目は過失運転致傷罪で何ら関係ない。事件が起きた場所も東久留米市とさいたま市で共通する点はない。俺の頭の中で二つの事件はまったく繋がらない。テンや福先生が言う通り、俺は頭が悪いのか。

俺は一息入れるため冷蔵庫から麦茶を取り出しコップに注ぐ。窓から入る風が冷たく心地よい。人心地つきテーブルに戻ると俺は三つ目の資料に手を伸ばした。

二〇一九年九月六日　金曜日

事件現場　東京都新宿区歌舞伎町[redacted]

加害者二十歳男性　依頼人は加害者の親（主要取引先の役員）　過度な飲酒による暴行事件

加害者の[redacted]は事件当日、一人で行きつけのバー「スターズ」に二十時頃入店。その後カウンターでウイスキーをロックで数杯飲む。店内は照明を落とし薄暗い。隣に座っている人の顔もはっきり見えないほどである。被害者の[redacted]（四十三歳男性）は二十一時頃この店に入店。同僚の[redacted]（男性）と二人で入店しカウンター席に着く。その際、加害者が座る席から二席開けた右側に座る。二人は彼との面識はない。

加害者の[redacted]は、前日彼女と別れ話を持ち掛けられ、精神的に不安定な状態でこの店を訪れていた。

カウンターで接客していた従業員の話によると、彼はその日食べ物を口にすることなくお店に訪れ、短時間にウイスキーを七杯ほど立て続けに飲みお酒がかなり回っていたと話している。その後被害者の男性に絡むことになる。

原因は加害者が「彼女の[redacted]、どこが良いのか分からない。不細工で性格も悪い」と言われたことに腹を立て口論になったと話している。当然、被害者は彼との面識はなく、彼女のことなどまったく知らない。当日、カウンターで働いていたバーテンダーの[redacted]に話を聞いても、そんな話を聞いた覚えはないと話している。事件は加害者の過度な飲酒による被害妄想であると思われる。

店内に響く怒号にバーテンダーの[redacted]は慌てて二人の仲裁に入る。しかし加害者はかなり興奮しており彼の仲裁を振り切り、被害者に殴りかかった。その後、仲裁に入ったバーテンダーとその他の従業員が彼を取り押さえ警察を呼ぶ。

加害者は警察が来るとその場で逮捕された。被害者はそのまま救急車で病院に搬送された。被害者は頬と肋骨の骨を折る大怪我をし、全治一か月の診断が出る。

警察は加害者が興奮し、事情を聴ける状態でないことから、口論となった同僚の男性に事情聴取を行っている。

調書には加害者が彼らに近づくと突然大声で怒鳴り出したと書かれている。その内容も加害者の彼女を侮辱したと話している。勿論彼らは加害者との面識はなく、その女性のことなど知る余地もない。突然の出来事に二人は一体何が起きたのか分からなかったと記録されている。

この件に関して加害者が一方的に不利な状況にあり、依頼人である両親と話し合い、被害者との交渉は怪我の治療費と慰謝料の支払いで示談交渉をすることになった。

被害者の自宅を両親と共に三度訪れ、加害者はまだ若く彼の将来のためにと示談をお願いし成立した。その後、警察に届けられていた被害届は取り下げられこの案件が終了した。

三つ目の事件の記録書を読み終わった。まったく分からない。どこに因縁を解く鍵があるのだろうか。強姦、交通事故、傷害事件、どこにも共通する点が無い。加害者はすべて男性。年齢は三十八歳、三十二歳、二十歳と最初の事件から十三年も経っているのに年齢は若返っている。

一方被害者は、三十四歳女性、十四歳の男子中学生、四十三歳男性会社員とこちらも何ら共通点らしきものはない。

また事件が起きた場所も東久留米市とさいたま市、新宿歌舞伎町と地図に事件現場を記し線で結んだが、不格好な三角系が出来ただけで何の意味もなさそうだ。

「こりゃあ一生闇の者に取り憑かれることになりそうだ……」

俺の口から弱音が漏れる。ハルさんの期待に応えるため、事件につながる鍵を見つけなければ。俺はそう思い資料に再び目を落とした。

しばらく資料を手に、にらめっこする。俺はノートに事件の要点を箇条書きにした。するとニ件目と三件目の事件で共通点を見つけた。それは二つの事件の直前に加害者が聞いた声だ。

二件目では事故直前に「三人を殺せ」という声を聞いたと言っており、三件目では「お前の彼女は不細工で性格が悪い」と聞いている。二件とも本人の勘違いと言えばそれまでだが、この点が妙に気になる。

資料を読み終わり、もう一つ気になった点がある。三つの事件は年代、人、時間などに共通するものはない。しかし、最初の事件がきっかけとなり残り二つの事件が起きたような気がする。そう考えると最初の強姦事件に何か鍵があるのではないか。

俺は最初の事件を再び読み直した。しかし、後の二つの事件につながる鍵は見つからない。

俺は集中力をなくしその場に寝転がった。窓から乾いた風が吹く。一瞬誰かの視線を感じ窓の外に目を向ける。そこにはバベルの塔を思わせるタワーマンションがそびえ立っていた。その建物から視線を感じ思わず壁に隠れる。背中には冷たい物が流れ出してきた。俺は気付かれないよう静かにレースのカーテンを閉める。

土曜日の朝、ベッドから起きカーテンを開くと外はまだ暗い。二度寝するためベッドに戻ると資料のことが頭をよぎった。いまだ何の鍵も見つかっていない。ハルさんになんと報告しようかと考えていると目が冴えてきた。俺はそのまま資料を置いているテーブルに向かい腰をおろし読み始めた。資料を何度読み直しても新たな鍵は見つからなかった。

早めの朝食を済ませ部屋を出る。

俺の足取りは重い。何の鍵も見つからないまま、彼女のマンションに向かっている。あまりの足の重さに途中、コンビニでコーヒーを買い気持ちを落ち着かせた。

マンションに到着したのは八時五十分頃だった。九時の約束だったので少し早めに到着した。

玄関で呼び鈴を鳴らすとドアが開いた。

「おはようございまぁ〜す。少し早く着いちゃいました」

俺は挨拶をしながら玄関に入る。

「張り切っているね。事件の資料で何か分かった」

一瞬言葉が出ない。気を取り直し俺は話し始めた。

「因縁を解く鍵は見つけられませんでした」

「あら、見つからなかったの。それじゃ、一生闇の者とお友達決定ね。おめでとう」

いつも通りハルさんは毒を吐く。

「ちょっと待ってくださいよ。なにがおめでとうなんすっか。俺は絶対闇の者と友達にならないし、取り憑かれもしないっす」

「フフフ」

彼女は意味深な笑みを浮かべる。まるで今から起きる出来事を知っているかのようだ。俺はその不吉な笑みにいやな予感がする。取りあえず俺は三件の事件で思ったことを彼女に話した。

「最初の強姦事件が、その後に起きた二件の事件に関わっているような気がします。強姦の被害者のその後を調べてみてはどうでしょうか」

「そうねぇ。それは良いと思うわ。少し解決に向け前進しているようね」

「えっ。ハルさんは三件の関係が分かったのですか」

「分かったわよ。でも教えない」

教えないのかよ。俺は心の中で独り言ちる。彼女は頬を上げ不敵な笑みを浮かべた。しかし目は笑っていない。その表情、最近どこかで見たような気がする。そうだ、胎蔵界様の表情に似ている。そう思った瞬間背筋に悪寒が走る。

斎藤さんの自宅は埼玉県川口市なので、車で三十分ほどだ。約束の時間は十時なので時間に余裕がある。俺は出発までの間、部屋の掃除をすることにした。その間に彼女は化粧をすることになった。まだ化粧をしていなかったのか。スッピンでも変わらず綺麗である。逆に化粧をしてもあまり変わらないような気がする。すると彼女はすかさず「化粧が下手で悪かったわね」と低い声でつぶやく。背筋の次は額から冷たい物が流れる。俺は足早にその場から離れ掃除道具を取りに向かった。

リビング、書斎の掃除を終え、残すは癒し部屋のみだ。この部屋にはテンと福がいる。顔を合わせたくない。よし、今日はこの部屋の掃除は止めよう。そう思った瞬間遠くで彼女の声がする。

「癒し部屋の掃除は念入りにしといてね」

まさか、彼女は離れている俺の心を読んだのか。「はーい」と返事はしたものの、足は動かない。あの部屋には性格の悪い二匹がいる。しかし返事をしてしまった。俺は渋々癒し部屋の扉に手を掛ける。

部屋に入ると鳥かごが目に入る。今日はテーブルの上も綺麗に片付いており掃除も早く終わりそうだ。俺はほっと胸をなでおろし掃除を始めた。

しかしテンは俺が掃除を始めたとたん、頭で餌をすくいかごの外にばらまき始めた。それが終わると次に水槽に身体ごと入り水浴びをすると、身体を震わせ周りに水を飛ばし始めた。派手にやってくれるな。俺は横目でその様子を見ながら気付かないふりをして掃除を続ける。すると今度は大声で話し始めた。

「ホー　ホケキョ　キキュ　ピー　ピィチクピィ　ピィ」

はじめは無視していたが、さすがにこれだけ色んなパターンで話されると気になる。一瞬胸ポケットの眼鏡に手を伸ばす。だがどうせ悪口を言っているに違いない。そう思い伸ばしかけた手を止める。

その後もテンは色々な声色で俺に話しかける。それを無視しながら床に落ちたゴミを拾うため前かがみになる。その時胸ポケットから眼鏡が落ちた。

テンは落ちた眼鏡に目を光らせ、俺を見つめる。テンは無言のまま眼鏡をかけろと目で訴える。俺は眼鏡を拾い上げそのまま胸ポケットに仕舞った。するとテンは派手に羽をバタつかせ、声を張り上げ話し始めた。何をそんなに話したがっているのか。どうせ暇つぶしの相手が来たとでも思っているのだろう。その様子を無視しながらテーブルを布巾で拭き上げ部屋の掃除を終えた。掃除機を手にドアに向かうその時、正面から福がゆっくり歩いて来た。「あちゃ」俺はつい声を漏らす。

「そんなに慌てて出ていかんでもよかろう。テンも遊びたがっているし」

やはりテンは遊びたかったのか。前から堂々と近づいてくる先生に、俺はなぜか「おはようございますっス」と頭を下げる。小さいながらも先生の歩く姿は貫禄がある。どうしてもこちらが下手に出てしまう。

「おはよう。今日も調子が悪いみたいだな」

(今日も)は余計だ。

「ところで三件の事件の鍵は見つかったのか」

「いいえ、まだ見つかりません。しかし、最初の事件がきっかけで、その後の事件に繋がったような気がするっス」

「分かったのはそれだけか。まったく想像力がない奴だの」

猫に想像力がないと言われ俺はムッとする。

「それでは頭の悪いお主にヒントをあげよう」

俺はヒントと言う言葉に反応し、先生の目の前で正座をする。変わり身の早さに自分でも呆れる。

「福先生よろしくお願いしまぁ～す。ヒントくださ～い」

「仕方ないな。出来の悪い弟子のためにヒントをやろう」

弟子になった覚えはない。

「二番目と三番目の事件には共通点がある。身に覚えのない声が聞こえたという点だ。二件目は事故の直前に『三人を殺せ』と加害者が耳にしている。三件目は『お前の彼女は不細工で性格も悪い』と言われたと加害者が話をしているだろう」

「福先生。それは空耳では。二件目の交通事故も窓を閉め運転しており、ラジオから流れる音と勘違いしたのでは。三件目に至っては最初に絡まれた相手は加害者との面識もなく、彼の元カノのことなど知る余地もありませんよ」

「お前はまだ分からないのか。今俺が事件で使った事をやっているのに気付いてもいない」

「ん？」福先生はいったい何をした。俺は先生を足先からぴんと張った耳まで見渡す。しかし特に変わった様子はない。

「はぁ。ダメ人間だな。俺は今話をしているが口を開けてないだろう。お前の心に直接話しかけている。すなわちテレパシーで会話しておるのじゃ」

　本当だ。先生の口は開いていない。その姿はいっこく堂の腹話術なみだ。

「わぁ〜っ、すごっ」

　俺はテレパシーを確かめるため人差し指で先生の頬を突く。

　ツン、ツン……　やめんか（テレパシー）

　ツン、ツン……　やめろ（テレパシー）

ツン。ガブリ……

「痛った。いたたた……」

先生はいきなり人差し指を噛んだ。

「指を噛まなくてもいいでしょう」

「指だったか……煮干かと思ったぞ」

先生はとぼける。指を見ると綺麗に赤く並んだ4つの歯形がついている。

いっきにテンションが下がった俺に先生は再びテレパシーで話しかける。

「お前は本当に幸せな奴だな。これがヒントだ。もう分かっただろう。それにしてもこの姿を他人が見たらドン引きするだろうな。気品ある白猫様を前に、背中を丸めひとり言を言うおぬしを見ると」

確かにそうだろう。先生は無言で俺を見上げ、俺は正座をして猫にひとり言のように話しかけている。きっと他人が見たら危ない人と思われるだろう。だがこの部屋には福先生と俺しかいない。あと一匹テンもいるが今は大人しくしている。

俺は三件の事件の鍵をやっと手に入れた。その鍵とはテレパシーを使い相手に伝えた者がいると言うことだ。しかし事件に共通する人物は出てこない。俺はいまだ霧の中をさ迷っている。声の主とは一体誰。

「それじゃせいぜい悪魔に取り憑かれんよう頑張ってくれ」

先生はそう言い残し、踵を返し前回同様、白い壁の中に消えていった。俺は毎回、壁の中に消える先生に目を白黒させ壁を叩く。

ちょうどその時彼女が部屋に入ってきた。勿論ちゃんとドアを開けて入ってきたのだが。

「なに壁を叩いているの。頭がおかしくなったの？　あっ、それはもともとか」

相変わらず彼女の毒舌は健在だ。

その後俺はお祓いの道具を手に部屋を出た。道具を車に仕舞いバンパーに目を向けると、凹んでいたバンパーが元に戻っていた。「バン」と言うドアを閉める音が響き、彼女が助手席に座る。運転は俺がするのか。修理を終えた高級セダンを運転することになり緊張で手の平が汗ばんできた。

エンジンを掛けると車は音を立てずに動き出す。

「さっき、福が来ていたの」

「そうです。福先生に今回のヒントを貰いました。二件目と三件目の事件ではテレパシーを使い直接相手の心に伝えたと教えてくれたっス」

彼女は「ふーん」と鼻を鳴らしどこか不満気だ。どうやら彼女は、テレパシーのことを知っていたようだ。

「珍しいわね。福がわざわざヒントをくれるなんて。明生君は今日から闇の者に取り憑かれ一生一緒に過ごすとばかり思っていたのに」

　また毒舌が始まった。

「冷たいことわずに、闇の者たちが来たら祓ってくださいよ」

「どうしようかな。でも取り憑かれたところも見てみたいし、考えておく」

　考えずに祓ってくれ。俺をいたぶって何が楽しいのか。

「ハルさん、時間もまだ早く、二件目の事故現場の近くを通るので見に行きませんか。何か手がかりが見つかるかもしれないっス」

「そうね。たまには明生君も役に立つね」

　たまにかよ。俺も少しずつ彼女の毒に慣れてきた。しかし彼女は一体誰に似たのか。美人で毒を吐く。……そうか、胎蔵界様か。そう思った時、助手席の彼女が笑い出した。きっと心を読まれている。

　車を事故現場近くのコンビニに止めた。現場は緩やかな左カーブで、歩道に沿ってガードレールがある。しかし事故現場にはクリーニング店の出入り口としてガードレールがない。

「ここが事故の現場ね。でもこの程度のカーブで歩道に乗り上げ人を撥ねるのはおかしいわね。明らかに歩道に向けハンドルを左に切っているわね」

「そうですね。またよくガードレールのない狭い場所に突っ込んだものですね。そこに偶然通りかかった学生。学生もドライバーも両方運が悪かったっスね」

　俺がそう話すと彼女は眉をしかめる。

「きっと誰かにそうさせられたのね」

「誰とは……」

「声の主よ。もう声の事を忘れたの。せっかく福が教えてくれたのに」

　たしか資料に事故直前、同じ学校の男子学生と目が合い三人を殺せと言われたと書いてあった。

　運転中、テレパシーで聲をかけ左を振り向かせ、無意識にハンドルを左へ切らせたのか。その時たまたまテンカンの発作が起きたというのか。たまたま……。

　もしかして、三人の学生があの場所を通った時、わざと発作を起こしたのか。しかし実際そんなことができるのか。俺の頭の中は考えがまとまらず雲の中をさ迷っている。

　約束の時間も迫り彼女に声を掛けると、なぜかブロック塀を見つめている。視線の先には何もない。どうしたのだろう。俺は胸ポケットから眼鏡を取り出しかけてみた。すると青白い炎が目に飛び込んできた。慌てて近寄ると、青白い炎の中に小さな塔が立っている。

「何ですか、この塔」

「おそらく闇の者が建てた呪いの塔ね。この塔からは邪悪な闇の力があふれ出ている。なぜここに立っているのか分からないけど空に向かって闇の力が一直線に伸びている」

彼女も不思議そうに塔を見つめる。どうやらここで起きた事故に関係しているようだ。もしかして他の事件現場にも同じ塔が立っているのか。俺は約束の時間が迫っていることを彼女に伝え、先に車に戻った。

車はふたたび斎藤さんの自宅に向け走り始めた。走り出した車の中で彼女は何か考え事をしている。車内は重苦しい静寂に包まれる。しばらくの間、彼女は窓の外を眺め考え事をしていた。もしかして神々と話でもしているのだろうか。俺は沈黙に耐えきれずラジオのスイッチを入れる。ラジオからはスローテンポのピアノジャズが流れてきた。車内の空気が少し和らぐ。

「ハルさんは神々といつも話ができていいですね」

すると彼女の表情が一変し強張る。

「何が良いの。私は物心ついた時から神々の聲や人の心の聲、目に見えないものに悩まされてきたわ。この力のおかげで何度いじめられ、裏切られ、白い目で見られたことか。神社でのお願い事はいつも普通の人間に戻りますようにと願った」

初めて彼女の心の叫びを聞く。

「しかし私の願いが叶うことはなかった。私が何度神々と喧嘩し、泣きながら逃げ出しても私の自由は奪われ無理やり苦しむ人たちと向き合い、共に苦しんできた」

彼女は寂しそうな瞳で話を続ける。俺は軽い気持ちで話したことを後悔した。確かに死んだ人が見えたり、神々の聲が聞こえることは、普通の人たちから受け入れられず孤立することになるだろう。

「軽率でした、すみません」

俺は素直に謝った。すると彼女はどこか吹っ切れた表情に変わり話を続ける。

「もう神々から逃げることも争うことも諦めたから良いのよ。最近は神々が新しい時代を造ると話しているから、私も協力しているの」

「新しい時代……？　それはどんな時代ですか」

「人々が平和に暮らせ、笑顔の絶えない時代よ。そのために私も神々と力を合わせ、悩みを抱える人たちの力になっているの」

本当にそんな時代が来るのだろうか。この地球から戦争がなくなり、人々が助け合い笑顔の絶えない時代が来ればどんなに幸せだろう。ハードルはかなり高そうである。それでも彼女は一人で立ち向かっている。俺も新しい時代を作る手伝いがしたい。いまはまだ何もできない俺も、いつかは彼女の作る新しい時代の手伝いができるはず。俺の心は奮い立つ。車内に射し込む光が眩しく、俺は目を細めハンドルを握る。

斎藤さんの自宅には十時に到着した。予定通りの時間だ。車を車庫に止める。車を降りると俺は胸ポケットに仕舞っていた眼鏡をかけ、お祓い道具を手に車庫を出た。

車庫からは階段を上り自宅へ向かう。家は一段高い所に建てられている。階段を上がると目の前に西欧風の庭が広がる。色とりどりのバラが咲き乱れ、手入れが行き届いている。庭の隅には淡いピンクのテーブルと椅子が見える。きっと唯奈さんがこのテーブルで優雅な時間を過ごしているのだろう。この庭で過ごすパグの姿は想像できない。

庭の先に斎藤さんの自宅が見える。二階建てで黒を基調としたスタイリッシュな外観だ。俺は歩きながら隣の彼女を横目で見た。なぜか自宅とは別の場所に視線が向けられている。何かいるか。いきなり闇の者とご対面なんて勘弁してほしい。

チャイムを鳴らすと玄関で三人が出迎えてくれた。彼女の腕の中では有紀ちゃんが笑顔を振りまいている。今日は機嫌が良さそうだ。ハルさんが渡したロンパースを着ておりよく似合っている。しかし彼女の身体には、今なお薄い雲で覆われている。因縁はいまだ彼女の身体に取り憑いているようだ。

魔除けのロンパースは有紀ちゃんの因縁を祓うというより、これ以上力が及ぶのを防ぐための物のようだ。

玄関で挨拶を済ませると、パグがリビングへ案内する。部屋は十五帖ほどの広さで、白壁に木彫の収納がインテリアの一部のように据えられている。部屋の中央には革張りのソファーがエル字型に置いてあり、存在感を発揮している。外から注がれる柔らかな光が部屋に降り注ぎ照明は必要ないほど明るい。

唯奈さんが俺たちにソファーを勧める。革張りのソファーに座るとパグがコーヒーを出してくれた。

「今日は自宅のお祓いの件、よろしくお願いします」

リビングには焙煎の強いスモーキーなコーヒーの香りが広がる。ハルさんは香り立つコーヒーが気になるのか、挨拶もそこそこに、白い湯気の立ち昇るカップに手を伸ばす。俺はその様子を見ながら唯奈さんに話しかけた。

「その後、有紀ちゃんの様子はどうですか」

「相変わらず夜中に突然火が付いたように泣いています。ただ、以前に比べると寝る前にロンパースを着せているせいか、その時間も短くなっているようです」

「そうですか」

俺はそう話し、有紀ちゃんに目を移す。相変わらず身体は灰色の雲で覆われている。その雲は彼女を包み込み、生気を奪い取るかのようにうごめいている。ハルさんはコーヒーの入ったカップをテーブルに戻すと話し始める。

「先日頂いた資料の件で田辺君からお話があります」

「えっ……俺が……」

俺は素っ頓狂な声を上げた。ここに来るまでそんな話はしていない。いきなりの展開に俺はハルさんの顔をガン見する。何回も読み直したとはいえ、因縁にかかわる共通点はまだ見つかっていない。福先生にもらったヒントもいまだ霧の中で、一本筋が通るほどの答えは持ち合わせていない。また、福先生のテレパシーの話をしたところで、弁護士の彼には胡散臭く思われかえって不信を買うだけだ。

俺の手の平は汗でじっとりと湿ってきた。そんな俺を見透かすようにパグは見つめる。額からも汗が流れ始める。俺は覚悟を決め、深く息を吸い二人に話しかける。

「三件の事件がどの様に関わっているのか、今はまだ分かりません。しかし、一件目の強姦事件が起点となり、後の二つの事件を引き起こしたと考えています。最初の事件後、被害者の経緯は分かりますか」

パグは一瞬、天を仰ぎ思案顔になる。

「えっと、被害者の女性は、その後会社を辞めその時住んでいたマンションも引っ越したと聞いています。なにぶん十五年前のことなので記憶も定かではありませんが」

確かに十五年前のことを詳細に覚えているはずはない。

おそらくこの事件が新聞に載り、女性は会社で白い目で見られ、会社を辞めることになったのではないか。この時代、強姦は世間に知られると恥ずかしい事として泣き寝入りする女性が多かった。そんな中、女性は勇気を奮い声を上げた。しかしその後裁判に敗れ、会社を辞めるまで追い込まれた。彼女にとってこの判決は納得のいくものではなかっただろう。パグを恨みに思ったとしても不思議ではない。

「依頼人の男性はその後どうなりましたか」

「男性は勤めていた会社に復帰し、その後は連絡を取っていません」

「そうですか」

男性はそれまでと変わらない生活を取り戻したようだ。

次に俺は福先生から貰ったヒントについて少し訊いてみることにした。

「二件目、三件目の事件では加害者が見知らぬ人の声を聞いています。まずは二件目の事故の直前、運転中が聞いた男子学生の声。できればその時の話を詳しく聞かせてもらえませんか」

パグは二件目の資料を手に取り、少し遠くを見つめる仕草をしながら当時のことを話し始めた。

「依頼人が男の子の声を聞いたと言う件ですが、彼はこう話していたと思います。事故当日、気温が上がり窓を閉めクーラーを点けて走っていたと。またラジオを点け走っていると、歩道を歩く一人の男子学生と目が合い、その時男子学生が三人を殺せと言ったと話していました」

走行中窓を閉め、ラジオを点けていたことは間違いなさそうだ。

「加害者の男性はその声に驚き、振り返った瞬間テンカンの発作が起き、その後の記憶はないと話していました」

やはり男子学生はテレパシーで依頼人の心に直接話しかけたのだろう。彼は突然の聲に驚きテンカンの発作を起こしたのかもしれない。しかしその学生は運転手がテンカンの病を持っていることをどうやって知ったのだろう。パグは話を続ける。

「彼は警察の事情聴取の際、ラジオから流れる声を聞き間違えたのだと思いこのことは話していません。しかし私との接見の際、確かに男の子の声を聞いたと言っていました。事故後意識が戻りあたりを見渡したが、その学生はいなかったとも話していました。私は不思議に思い、被害者の学生に事故直前、誰か大声で叫ぶ声を聞かなかったかと尋ねました。しかし彼らは何も聞いていないと話しました。私はラジオから聞こえた声を聞き間違えたのだと思い、裁判の混乱を避けるため状況証拠として用いませんでした」

十中八九テレパシーを使った者がいる。恐らく目が合った男子学生だろう。しかし殺せと命じるとは穏やかではない。その学生は三人にいじめられ恨みでもあったのだろうか。彼の話を聞きながらノートにメモを取る。

俺は二件目の事件についてさらにパグに訊く。

「こちらに伺う途中、事故現場を見てきました。現場は緩やかな左カーブで、クリーニング店の出入り口に五メートルほどガードレールがない所がありました。そんな狭い場所で速度も落とさず、都合よく学生にぶつかることができるのでしょうか」

「事故現場の件ですが、確かにガードレールがない短い区間に、スピードも落とさず学生に突っ込んだのは運が悪かったと思いました。もしあと数秒テンカンが起きるタイミングがずれていればガードレールに当たり、けが人は出なかったと思います」

俺たちが感じた現場の印象と同じである。この事故は偶然なのか、それとも男の子が起こした必然なのか今はわからない。

「次に三件目の事件の声のことです。依頼人が喧嘩の理由を話した際、隣の男性から別れた女性への中傷を受けたと言っています。彼は本当にその男性から中傷を受けたのですか」

「正直、こちらも依頼人の勘違いだと思います。店内は薄暗く音楽が流れていました。もし、隣の席の男性がそんな話をしたら、カウンターで接客していたバーテンダーも聞いているはずです。当日接客していた従業員に話を聞いたところ、そんな話は聞いていないと話していました。また、依頼人の記憶もあやふやで、相手との面識もないことから、私たちは彼の被害妄想から始まった事件だと思いました」

確かに状況からすると依頼人の独り相撲のように見える。しかしテレパシーを使えばどこからでも加害者へ話しかけることができる。

福先生のヒントのお陰で二件目と三件目の事件の筋書きがおぼろげながらも見えてきた。あとはテレパシーを使った人物の特定だ。しかしいまはその人物を特定するすべはない。

その後も三件の事件について質問をしたが、未だ三件を結ぶ糸口は見つからない。

事件の整理を終え、今日の目的であるお祓いの準備に取り掛かった。ハルさんの指示のもと、車から下ろした祭壇を組み立て、リビングの中央に据える。

ハルさんを先頭につぎに夫婦二人が並び、俺は一番後ろでその様子を見守る。お祓いが始まる前、部屋の中が妙に静かに感じた。まるで誰かが息を潜めこちらの様子を窺っているような、そんな気がする。何も起こらなければ良いのだが。ハルさんは静かに胸の前で手を合わせ、お祓いが始まる。

「オン　アビラウンケン　バサラ……」

俺も手を合わせ、何も起こらないことを祈る。しかしその祈りは届くことなく、部屋の中で異変が起きる。

正面の白い壁から小さな黒い物が湧き出てきたのだ。一体何が出ているのか。俺は身を乗り出し黒くうごめく物をのぞき込む。

なんと黒くうごめく物はゴキブリだった。壁の中から大量のゴキブリが、壊れた蛇口から出る水のように噴き出している。

　俺は思わず声が漏れそうになり、慌てて両手で口をふさぐ。夢を見ているのかと眼鏡を外し、目を擦る。すると眼鏡を外したとたん、黒くうごめく一団は姿を消した。気のせいかと思い再び眼鏡をかけると、ゴキブリの歩兵隊が俺たちめがけ行進している。この眼鏡のせいだ。俺は身体中の血液が逆流するほどの恐怖を感じ、一旦眼鏡を外す。

　それにしてもハルさんは、気付いていないのか。いや、そんなはずはない。きっと彼女にも黒の軍団が見えているはずだ。斎藤さん夫婦を驚かせないよう、気を使っているのだろう。

　俺の心の中では、眼鏡をかけ裏の世界を視るか、眼鏡をかけないかの綱引きをしている。この眼鏡をかけなければ、気持ちの悪い黒いゴキブリたちも視えない。その時、ハルさんが車で話していたことを思い出した。「神々と共に新しい時代を作る」そうだ。ちょっと前に俺もその手伝いをすると誓ったばかりだ。俺の身体は小刻みに震えながら眼鏡をかける。

　白壁からは依然黒いゴキブリが噴き出し、先頭の歩兵隊はすでに床に達していた。どうやらハルさんめがけ進撃しているようだ。つぎからつぎへと噴水のように湧き上がるゴキブリ。

普段ゴキブリを一匹見つけただけで身震いするのに、大量のゴキブリが俺たちめがけ行進する姿は悪夢を見ているようだ。空耳なのか、奴らの足元からカサカサ言う音まで聞こえてきた。足は震え、歯の根も合わない。しかし不思議と視線は黒い歩兵隊にくぎ付けだ。

その時、彼女のテレパシーで話す聲が聞こえる。

「福。出番が来たわよ」

聲と同時に、俺の背後から何かが近づく気配がする。恐る恐る振り返ると、福が近づいていた。俺はなぜかほっと胸をなでおろす。先生が通り過ぎる時、今から起きる出来事をしっかり見ておけ、と言わんばかりのドヤ顔だ。

ゴキブリはいまだに壁から湯水のようにあふれ出ている。すでに部屋の中には千匹以上のゴキブリが現れ、俺たちめがけ突進している。

俺は先生の登場で少し気持ちが落ち着く。しかし改めて大量のゴキブリを目の前にすると吐き気がしてきた。今から一体何が起きるのか。口の中はカラカラに渇き、反対に額からは大量の汗が流れ出る。

次の瞬間、ゆっくり歩く福の身体が風船のように徐々に膨らんできた。先頭のゴキブリが先生の異変に気付き歩みが遅くなる。それまで三角形の陣で進んでいた奴らが、横一線に並び始め行進が止まる。福の身体は、すでにゴールデンレトリバーほどの大きさにまで膨れ上がっている。先生は依然ゆっくりとした足取りで、ハルさんの横を通り過ぎる。

両者、目と鼻の先ほどの距離まで近づきピタリと止まる。身体が大きくなった先生は、白い尻尾をピンと立て、背中を丸め大きな身体をより大きく見せ威嚇している。しばらくの間、両者一歩も動かず睨み合いが続く。

すでにリビングの半分以上が黒一色に染まっている。真っ白な毛をたずさえた福先生と真っ黒なゴキブリたち。その様子を固唾を呑んで見守る俺。リビングではハルさんのお祓いが続く。

先に仕掛けてきたのは奴らだった。奴らは先生めがけ一斉に襲いかかった。ある者は翼を広げ空から。ある者は地面を這い先生の身体に突進してきた。奴らはあっという間に福先生の身体を覆う。先生の姿が黒い岩のように黒一色になり、うごめいている。

見たこともない異様な光景に俺の身体はすくみピクリとも動かない。すでに先生の身体はゴキブリに覆われ、尻尾の先まで真っ黒だ。福先生は負けるのか……俺の顔は真っ青になり、血の気の引いた唇を固く結ぶ。

すると、先生の尻尾から銀色の光が漏れる。その光は、黒岩と化した先輩の身体中のあちこちから漏れ始めた。次の瞬間、雷が落ちたかような閃光が室内を射抜く。突然の光に俺は目を閉じる。

　恐る恐る目を開けると閃光は収まり、そこには銀色の光に包まれた福先生が何事もなかったように立っている。彼の周りには黒い砂が絨毯のように敷き詰められていた。一瞬の出来事で何が起きたのか分からなかった。

　今度は見逃すまいと、瞬きせず先生を見つめる。数に勝るゴキブリたちはいまだに先生めがけ襲い掛かる。しかし先生は銀色の光に包まれ、迫りくるゴキブリを物ともせずゆっくり歩みを進める。

　羽を広げ空からやって来る航空部隊やカサカサ音を立て迫りくる陸上部隊。各部隊は先生の身体に触れた瞬間、身体が粉々に砕け黒い砂に変わる。先生の歩く後には、黒い砂の跡が伸びていく。

「福先生、すごい、すごい」とつい声が漏れる。そんな俺をパグはチラ見する。俺は反射的に口を押さえ頭を下げた。

　ふたたび先生に目を向けると、涼しい顔で歩みを進めている。すると奴らは狙いを俺たちに変え、先生を避け突進し始めた。

　カサカサと耳障りな音が徐々に大きくなる。目の前で起きる奇怪な出来事に俺の脈拍が上がる。今すぐこの場を逃げ出したいが、身体がいうことを聞かない。相変わらずハルさんは、何もなかったようにお祓いを続けている。

どうする……どうする……

俺の頭の中は大地震が起きたようにパニックになる。このまま大量ゴキブリ達が俺の身体を這いずり回るのか。想像しただけで吐き気がしてきた。1＋1＝千……俺の頭の中はせまりくるゴキブリどもで大洪水になっている。

もう限界だ。眼鏡を外そう。そう思った瞬間ハルさんは合わせていた右手を離し胸の前で動かし始めた。一体何が始まった……

彼女の指先は光を帯び、何かを描いている。一体何を描いているのか。俺は彼女の指先に意識を集中する。どうやら盾を描いているようだ。しかもその盾は透明で向こう側が透けて見える。また盾は銀色に光り輝いている。

彼女は数枚盾を描く。目の前に並ぶ盾に向かいオーケストラの指揮者のように手を振り回した。すると盾はひとりでに俺たちを取り囲むように並んだ。俺たちの周りには銀色の光を放つ盾が並び、バリケードが出来上がった。

足音を立て迫りくる黒の軍団は、盾の前まで来ている。一番隊が盾めがけ突進してきた。すると一番隊は足を滑らせ登れない。

頭を上げると目の前に飛行部隊が近づいている。飛行部隊は盾を乗り越えるため高度を上げる。しかし銀色の光が盾の上も伸び、奴らは内に入れない。どうやらこの場所が一番安全のようだ。俺はほっと胸をなでおろす。

壁からは、いぜん黒い殻に覆われたゴキブリたちが噴水のように湧き出る。とうとうリビングは福先生と俺たちの結界を残し、黒一色になってしまった。これで俺は完全に逃げ場を失う。心臓の音がやけに耳につく。テーブルに目を向けると、飲みかけのコーヒーの中にも奴らは入り、なぜか溺れている。意識は遠のき、ホラー映画でも見ているように、漠然と目の前で起きる出来事を眺めている。きっと悪い夢を見ているだけだ。目が覚めればいつもの日常に戻る。自分に言い聞かせるが現実は真っ黒に染まる部屋の中にいる。

ようやく湧き出ていたゴキブリが止まった。どうやらこれで終わりのようだ。部屋は静まりかえり辺りを見渡すと、福先生の正面に一匹だけ身体の大きいゴキブリがいる。

次の瞬間、静まり返った部屋に異変が起きる。そのボスが仲間を吸い寄せ、身体がどんどん膨らみ始めた。ボスはまるで掃除機でゴミを吸い込むように周りのゴキブリたちを取り込み巨大化している。ほんのはわずかな時間で身体は福先生より大きく膨れ上がり、いまなお周りのゴキどもを取り込んでいる。

あまりにも現実離れしたその様子を、俺は魂が抜け落ち口を開けたまま見る。まるでアニメを見ているように有りえない世界だ。これから一体どうなるのか。俺の目は巨大化するゴキブリから目が離せない。

黒で埋め尽くされていたリビングは、ボスが大勢の仲間を取り込み床や壁が見えるようになった。その代わり巨大化したボスは、相撲取りが寝転んだほどの大きさにまで膨れ上がり、広いリビングにいても圧迫感がある。

銀色に光る大きな白猫と巨大なゴキブリ。見た目に分かりやすいヒーローと悪役。取組前の両者は睨み合う。勿論ヒーローが勝つよな、と思いながらも俺はいつの間にか拳を固く握り締めていた。

福先生が白い尻尾をピンと立て威嚇すると、ボスゴキは触角を左右にゆっくり揺らし先生を誘う。両者睨み合いが続く。見ている俺が緊張のあまり身体が棒のようにコチンコチンになっている。

先に動いたのは福先生だった。ボスに飛びかかると素早く前足で奴の頭を押さえ込み、動きを封じる。ボスは床に張り着き、六本の足をバタつかせる。部屋中にキイキイと床を削る音が響き俺は耳を塞ぐ。先生は横綱サイズの奴を涼しい顔をして押さえ込んでいる。

するとピンチのボスが反撃に転じる。奴の触角がスルスルと伸び先生の首に巻き付く。次の瞬間、奴は一気に天井めがけ触角を引き上げた。首に巻き着いた触角は、ピアノ線のように細く、先生の口からうめき声が漏れる。首まわりの白い毛が、鋼のように硬い触角に絞め付けられ、切れて床に落ちる。このまま絞め上げられたら、首まで落ちそうな勢いだ。俺は両手を固く握りしめる。

先生の頭が徐々に持ち上げられ、首から赤い血が落ち始める。苦痛からか先生の表情が歪んでいる。それでも前足は奴の頭を押さえつけたまま離さない。

その時ハルさんが突然お祓いを止め、ボスゴキに近づく。右手には銀色に輝く剣を握っている。俺は息をするのも忘れじっと見入る。

彼女は剣先をボスゴキに向けると両手で持ち直し、頭の上まで持ち上げ一気に奴の背中めがけ突き刺す。串刺しにされたボスゴキは耳をつんざくような奇声を発し足をバタつかせる。

ほんの一瞬、瞬きするほどの出来事だった。

しばらくすると床を掻きむしっていた足も止まりようやく動かなくなった。先生の首を絞め付けていた触角もだらりと伸び、福ニャンコ先生は元のドヤ顔に戻っている。

しかし先生の足元には、赤い血だまりができている。大丈夫か。

リビングに静けさが戻ってきた。知らぬ間に福先生もいつもの大きさに戻っている。

彼女が剣をゆっくり引き抜くとボスゴキは身体が粉々になり黒い砂の塊に変わった。その後、黒砂は蒸発するように空中に消えていった。この家に巣くう悪魔を無事浄化したようだ。

するとそれまで戦況を見守っていた数匹のゴキブリが、壁めがけ逃げ始める。その時、胎蔵界様の聲が聞こえる。

「ハル。あのゴキブリに式神を付けるのよ」

　彼女は逃げるゴキブリめがけ、数枚小さなお札を投げる。お札は奴らに吸い寄せられ背中に張り着く。するとホタルに姿を変えお尻が光りはじめる。逃げる奴らは背中のホタルに気付いていない。奴らはお尻を光らせ背中に張り付くホタルを抱えたまま壁の中に消えて行った。彼女はあの式神をどうするのか。俺はいまだ、夢見心地でその様子を眺めている。

　斎藤さん夫婦は、突然お祓いを止めたハルさんを不思議そうに見つめている。勿論何も見えていない彼らにハルさんの動きは理解できない。

　いっぽう俺は、眼鏡のおかげで事の一部始終を見ることができた。ただ目の前で起きる死闘は、見ずに済むなら見たくなかった。しばらくは黒い物を見ると、大量にうごめくゴキブリを思い出すだろう。俺はいまだに魂が抜け落ち身体に力が入らない。

そんな俺の足元に福先生が近づく。

「おい、しっかりせんか。もうすべて終わったぞ……口を閉じろ。まったくだらしない」

　俺は「はっ」と我に返る。赤く染まる首元の血はすでに止まっているようだ。触角で絞め付けられた首も大丈夫のようだ。俺はほっと胸をなでおろす。先生は俺の心を読むと、最後は笑みを浮かべ壁の中に消えて行く。

　ようやく俺は正気を取り戻した。ハルさんに目を向けると二人にお祓い中に起きた出来事を説明していた。

「私がお祓いをしている時、この家に巣くう闇の者が、私たちに襲い掛かりました。その者たちを田辺君と私で祓いました」

　俺は何もやっていない。と言うかできるはずがない。この場を逃げ出さなかっただけでも良い方だ。闇の者との戦いは予測不能な出来事の連続だった。俺の魂は抜け落ち腑抜けになっていた。彼女の話は続く。

「その際、逃げ帰る闇の者に式神を付け、今その足取りを追っています」

　あのホタルを付けられたゴキブリのことだろう。そうか、あのゴキブリたちは因縁の主のもとに帰ったのか。その場所を突き止めるため式神を使ったのか。さすがハルさん。打つ手が早い。

　それにしても何もできず腑抜けになっていた自分が情けない。目を閉じると部屋を埋め尽くすゴキブリの残像がまぶたの裏に焼き付いている。今晩、電気を消し真っ暗にして寝れない。

　夫婦はハルさんの説明に、少し納得した様子だ。家のお祓いは終わった。しかし有紀ちゃんの身体には今なお因縁の雲が覆っている。あの雲をなくすには、やはり闇の主を祓わなければならないのだろう。

　今頃ホタルを背中に付けたゴキブリ共は主のもとに逃げ帰っている。もしかすると、奴らは応援を呼び、また大量のゴキブリと対面するかもしれない。そう思うと俺は吐き気とめまいがしてきた。

「ありがとうございました。コーヒーでも淹れますのでソファーでゆっくりしてください」

　パグはそう話すとリビングを後にする。俺はその間にお祓い道具の後片付けを始めた。

　リビングでは唯奈さんが有紀ちゃんを抱っこしあやしている。有紀ちゃんは少し興奮した様子で母親の腕の中で一生懸命話かけている。その様子は先ほど目の前で起きたゴキブリと福先生の戦いを報告しているかのようだ。きっと彼女にもあの戦いが見えていたのだろう。唯奈さんも娘の話に「そうなの、へエー」と相槌を打っている。微笑ましい様子に俺の頬も緩む。

　片付けを終えソファーに向かうと、唯奈さんが先に座っていた。

　パグがコーヒーとケーキをトレーに載せ運んできた。カップの中は漆黒のコーヒーが入っている。しかもケーキはガトーショコラでこれまた真っ黒。嫌なものを思い出した。パグはこのタイミングで黒ずくめの物ばかりを持ってきた。

コーヒーから香ばしい香りが広がる。目の前での戦いを見ていて、肩はガチガチになり喉はカラカラに渇いている。しかし先ほどテーブルに置いてあるコーヒーの中で奴らが溺れていた。その様子が脳裏に浮かび、とても漆黒のコーヒーを飲む気にはならない。俺はミルクをたっぷり入れ、まずはコーヒーの色を変える。ざわついていた心が徐々に落ち着いてきた。

隣に座るハルさんは、まったく気にする様子もなくガトーショコラをフォークで刺し、口に入れている。その後、ブラックコーヒーを満足げに飲む。これくらいのことは日常茶飯事なのだろうか。平然としているその様子が逆に怖い。

「いったい因縁の主とは誰なのでしょう。私は恨みを買った覚えがないのですが」

パグが眉間に皺を寄せ話す。彼に限らず、誰もが知らぬ間に恨みを買う。些細な出来事で恨みを買うことはよくあることだ。するとハルさんが言葉を返す。

「今はまだ分かりませんが、式神は二か所に分かれて向かっています。因縁の主は恐らく二人いると思います」

「二か所に向かっているとはどういうことですか」

「今は何とも言えません。まずはその二か所に向かい、何があるのか確かめる必要があります」

彼女はそう話すとバッグからスマホを取り出し地図を検索し始めた。

「一か所はここのようです」

彼女が指さした場所は埼玉県草加市辺りの住宅地だった。

「えっ……本当ですか。ここには私の実家があります」

パグは口をポカンと開け地図を見入る。なぜ実家に闇の者が向かったのか、と言いたげだ。

「そうですか。ここに実家があるのですか。このあたりは住宅街で近くに大型ショッピングモールや駅もあり便利そうですね。この場所で実家が売れないのは不思議ですね」

「そうなんですよ。売りに出し二年過ぎましたが、いまだに売れていません。ハルさんの言われる通り近くに駅もあり、立地に問題はないのですが、不思議と売れません。ところでもう一か所はどこでしょうか」

「この辺になります。東京都葛飾区のあたりです」

彼女はパグにスマホの地図を見せた。パグの表情は冴えず、その場所に心当たりはないようだ。

ゴキブリたちが向かったこの二か所に、一体何があるのだろうか。今回の因縁とどんな関係があるのだろう。俺の頭の中はさらに迷宮に放り込まれたようにさ迷う。

俺たちは初めに斎藤さんの実家に向かうことになった。パグの話では車で四十分ほどの距離のようだ。車は斎藤さんのワゴンを使うことになった。

玄関を出ると途中、ハルさんが庭の隅に目を向け少し立ち止まった。俺も足を止めその場所を見る。雑草の伸びた先に石で作られた小さな祠のような物が見える。自宅に祠がある家は珍しいな、そう思いながら俺は歩き始めた。

車庫には高級ワンボックスカーが止めてあった。荷物をトランクに積むと車に乗り込む。座席は革張りで、俺のオンボロ車とは座り心地が違う。今からピクニックでも行くのならテンションも上がるが、これから向かう実家ではきっと厄介事が待っている。今度は何が出てくるのか、そう思うと気が滅入る。一刻も早く家に帰りたい、そう思いながら席に着く。

全員が乗ると車はゆっくり走り出す。隣でハルさんが、腑に落ちない表情を浮かべ斎藤さんの自宅を振り返っている。

「何か気になることでもあるのですか」

「……うん。この家にはまだ何かいるような気がするの。魔物が息を潜め眠っているような、そんな気がするの」

彼女がそう思うのなら恐らく当たっているのだろう。今日一日、無事に終わる気がしなくなった。底の見えない大きな落とし穴に落ちていくようなそんな不安が湧いてきた。

車は順調に実家に向け走っている。車内では有紀ちゃんの寝息がリズミカルに聞こえている。心地よいリズムに俺も眠気が襲ってきた。ハルさんは窓から住宅街の変わらぬ景色を眺めている。その横顔は浮かない表情をしている。きっと胎蔵界様や幣立神宮御主と何か話でもしているのだろう。眉間に少し皺を寄せ、窓の外を眺める彼女を見るとこちらが不安になる。しかし心地よく揺れる車と、先ほどまでの緊迫した戦いから解放された俺はいつの間にか眠っていた。

どのくらい寝ていたのだろうか。ハルさんとパグの話し声で目を覚ました。

「お父様はどのような方でしたか」

「父は昭和のサラリーマンと言った具合で、仕事一筋の人でした。朝も早くから出勤し夜も九時に帰ってくると早かったねと母に言われていたくらいです。休日も会社からの電話でよく出勤させられていました。そのため家の中で父と顔を合わせる時間はほとんどありませんでした」

運転席のパグは昔の思い出を淡々と話をしている。

「そうですか。それは寂しい思いをたくさんなさいましたね」

パグの声はどこか沈み、寂しげだ。車内に広がる重い空気にハルさんは耐えられなくなり話題を変える。

「昭和は猛烈に働くことが美化され、テレビのＣＭでも二十四時間戦えますかなど囃《はや》し立てていた時代でしたよね」

俺は昭和を紹介する番組で、そのＣＭを見たことがある。すかさず二人の会話に口を挟む。

「そのＣＭ知っています。たしかこうでしたよね。黄色と黒は勇気の印、二十四時間戦えますか。ビジネスマーン、ビジネスマーン。ジャパニーズビジネスマーン」

俺がそう歌うと車内は笑い声が響く。しかし唯奈さんだけ、そのＣＭを知らないらしく首をかしげている。

「田辺君。歳、誤魔化しているでしょう。本当は四十歳くらい」

ハルさんは笑いながらそう話した。しかし彼女の方が落ち着きはらい、よほど年齢不詳である。俺は気を取り直し、話を続ける。

「コマーシャルの歴史と言う番組でたまたま目にしただけですよ。あのフレーズは耳に残りますよね。ハルさんこそ、俺とあまり歳は変わらないのに、なんで知っているのですか」

一瞬、車内が静まり返る。すぐさま唯奈さんが年齢の話に喰いついてきた。

「ハルさんは私より年下なんですか。すごく落ち着いているので、てっきり年上だと思っていました」

俺は笑いをこらえ、彼女に目を向ける。すると彼女の眉間には凄まじいほどのしわが寄っていた。一瞬身の危険を感じ、慌てて前を向く。その後、隣から刺すような鋭い視線が投げ付けられる。

脱線した話をハルさんが元に戻す。

「ところでお母様は病気で亡くされたと聞きましたが、何の病気だったのですか」

「母は進行性の肺癌で亡くなりました。癌を発見した時すでにステージⅣの状態で他の臓器への転移も見つかっていました」

車内に再び重苦しい空気が漂う。

「病気が見つかるとすぐ余命宣告を受け、残された時間はほとんどありませんでした」

バックミラー越しに見るパグの表情は曇り、寂しそうである。

「小学一年生の時、今から向かう実家を建て引っ越しました。当時、友達も少なく、一人っ子の私は母が唯一の話し相手でした。そう言えば、新しい家を建てた頃から父の仕事が急に忙しくなりました。今思えば、家のローンを抱え仕事に打ち込んでいたのだと思います。その後の昇進も目を見張るほどで、最後は役員まで上り詰めました」

「そうですか。お父さんもジャパニーズビジネスマーンだったのですね」

ハルさんはそう返す。

「お父様の自殺の原因は分からないと仰っていましたが、何か思い当たることはありませんか」

ハルさんの問いに、パグはしばし沈黙する。父親の自殺に何か思い当たる節でもあるのか。彼は小さく息を吐き話し始めた。

「父は母が病気で亡くなると二年後、自宅で首吊り自殺をしました」

一瞬車内が静まり返る。しかしハルさんは淡々と話を続けた。

「有紀ちゃんの因縁に血縁者の念が混じっているのでご両親のどちらかの物だろうと思っていました。恐らくお父様の念だと思います」

パグは肩を落とし、静かに頷いた。

「母が亡くなり一年ほどが過ぎたあたりから父に痴呆が出始めました。外出すると家に戻れなくなり、たびたび警察から電話がかかるようになりました。また、火の不始末で、ボヤ騒ぎを起こしたこともありました」

妻の死は、父親の心の中に大きな風穴を開けるほどの衝撃だったのだろう。

「このまま一人、実家で暮すことは無理だと思い、父を近くの施設に入れることにしました。しかし父はその施設でも馴染めず部屋に一人籠ることが多かったようです。もともと物静かな性格で施設には溶け込めなかったのかもしれません。私が面会に行くとよく家に帰りたいと話していました」

父親は新たな環境にも馴染めず、生きる目的を見失っていたのだろう。歳を重ねていくと大きな環境の変化にはなかなかついていけない。彼は妻の死によって、すべての歯車が狂ってしまったのだろう。

「翌年の正月、私は父と一緒に実家で過ごしました。私はその頃付き合っていた唯奈を父に紹介し三人で正月を迎えることになりました。父も喜んで『やっと一人前になったな』と言っていたことを思い出します。その時の表情は会社勤めで元気だった頃の父に戻り、私は少しほっとしました」

父親は息子の結婚で、気力を取り戻したのか。

「ところがそれから一か月後、父は施設を抜け出し行方不明になったのです。施設から連絡を受けた私は一緒に付近を探し回りました。しかし、父は見つからず私は施設から五キロほど離れた実家を見に行くことにしました。すると玄関の鍵が開いており部屋に入るとリビングで父が首を吊って死んでいたのです。何が父をそこまで追い込んだのか、私はまったく分かりませんでした」

父親は妻を亡くし生きる糧を失った。妻と二人で過ごす当たり前の日常を癌という病で奪われ、仕事も辞めた父に残った物は孤独しかなかったのかもしれない。

孤独は人の心を蝕む。人は一人で生きていけない。自殺するまで、どんな事情があったのかは分からない。しかし将来の希望が見えず死を選んだのではないか。そんな彼をよそに、ハルさんは淡々と話を進める。

「そうでしたか。それはお気の毒さまです。そう言えば、その後ご実家はどうなさったのですか」

ハルさんの問いに今度は彼が淡々と答えた。

「私はその時結婚の準備のため、今の自宅を建てていました。そのため実家は不要になり、父が亡くなったあと売りに出しました」

「ご実家には色んな思い出があったのでは。それは寂しい思いをなさったのでしょうね」

彼女がそう話すと彼は表情を変えず話し続ける。

「実家は職場からも離れており、家を建てていた私にとって二軒の家を維持する余裕はありませんでした。家を貸すことも考えましたが、自殺のあった家の借り手はありません」

確かに事故物件を借りる人はいないだろう。

車は閑静な住宅街を走り続けている。実家近くのショッピングモールには車が隙間なく停まっている。週末には様々なイベントが行われ多くの人が集まる。俺は車の中から家族連れが行きかう通りをぼんやり眺める。

「もうすぐ着きます」

パグの声と共に車は大通りから脇道に曲がる。すると目の前に突然空き地が広がる。車はその空き地に吸い込まれるように入る。砂利が敷き詰められた空き地には泥まみれの看板が見えた。看板には「売地」と書いてある。俺はまだ家が立っているとばかり思っていたが、実家は平地になっていた。

「家は解かれたのですね」

とっさに俺の口をついた言葉に彼は「父が亡くなり家はすぐに解きました」そう答えた。自分たちの家を建て、実家の使い道がないとはいえ、父親の死後すぐに実家を壊すだろうか。俺は彼の言葉が心に引っかかる。

車は空き地に入ると停車した。空は雲一つない晴天だ。しかし車から降りた空き地はなぜか落ち着かず心がゾワゾワする。今度は何が出てくるのか。そう思うと気持ちも萎える。

唯奈さんが有紀ちゃんをベビーカーに乗せ砂利道を移動する。ガタゴトと揺れながら移動するベビーカーの中で有紀ちゃんは楽しそうに手足をバタつかせている。彼女の笑い声が唯一の救いである。

空き地には風もなく、日差しは肌を刺すほどの強さだ。俺は車からお祓いの道具を取り出し準備に取り掛かった。白木の台を組み立て不安定な砂利の上に置き、最後に御幣を台の上に載せ準備を終える。

準備を終えた俺は、ハルさんに声を掛けようと振り向くと、彼女は空き地の中央を見ながら何かブツブツつぶやいている。胎蔵界様か幣立神宮御主と話をしているのだろうか。彼女の表情が険しいことから、状況はかなり悪いのだろう。

俺はため息をつき、彼女が見つめる方向を見る。売地の看板が不気味に俺たちの前に立ちはだかる。今まで気付かなかったが、この空き地では鳥のさえずりや車の通る音などがまったく聞こえない。窓のない、コンクリートの部屋の中に閉じ込められたような静けさだ。晴れ渡った空とは裏腹に、俺の心の中にはどんよりとした黒雲が立ち込め始めた。風も音もない不気味な空き地に俺たちは閉じ込められた。

三章

　胸ポケットから眼鏡を取り出しかける。すると急に周りが暗くなった。空は厚い雲に覆われ、今にも雨が落ちてきそうだ。遠くでは稲光まで見える。やはりそう言う展開なのか。俺は小さくため息をつく。ひと波乱起きそうだ。そう思い、汚れた看板の方に目を向ける。すると今まで空き地だった場所に家が建っている。

「えっ……なにこれ……」

　俺はつい声を漏らす。目の前に二階建ての真新しい家が建っていたのだ。しかもその家からは禍々しい妖気が漂っている。もしかしてこれが斎藤さんの実家なのだろうか。

　一階には大きな窓ガラスの付いた部屋が見える。おそらくリビングだろう。家の中は薄暗く中の様子は分からない。天井も高く開放感のある作りのようだ。二階は子供部屋なのだろうか、窓からは勉強机が見える。外壁はこげ茶色で、当時としてはモダンな造りである。

　俺は突然現れた不気味な家に後ずさりする。その様子を見ていたハルさんは「何してるの。早く準備をしなさい」と突き放すように言う。俺は我に返り渋々お祓い道具を家の正面に据える。すると彼女はその前に立ち、目を閉じ呼吸を整え始める。

彼女の後ろにパグと唯奈さん、ベビーカーに乗った有紀ちゃんが並び、ベビーカーの隣に俺が並ぶ。小さく深呼吸をするとハルさんは静かに手を合わせ、真言を唱え始めた。俺たちも手を合わせる。

「オン　アボキャ　ベイロシャノウ　マカボダラ　マニハンドマ　ジンバラ　ハラバリタヤ　ウン……」

前回彼女の家を訪れた時、真言について教えてくれた。真言とはサンスクリット語で「真実の言葉」「秘密の言葉」と言う意味らしい。ハルさんにどんな秘密か訊いてみたが教えてくれなかった。

お祓いが進むにつれ、建物から生暖かい風が吹き始めた。その風は鈍感な俺でも鳥肌が立つほど禍々しく、嫌な霊気を帯びている。

霊気を帯びた風はだんだん強くなり、ハルさんの髪をなびかせ始めた。その時、リビングの窓に一人の老人が姿を現した。恐らく斎藤さんの父親だろう。顔は青白く俺たちを睨みつけている。鬼の形相とは彼のことを言うのだろう。それほど気迫に満ちている。

そんな父親と視線が合う。全身に悪寒が走る。そのおぞましい妖気に、身体が硬くなりまたもや身動きできない。その時、胎蔵界様の声が聞こえてきた。

「ハル、気を付けなさい。襲ってくるわよ」

とたん、家の中から数本の矢が飛んできた。矢は風を切り、ヒューという音を立てこちらに向かっている。矢はスピードを増し、俺たちの目と鼻の先まで迫ってきた。

「わぁ……矢が……」

その場を逃げようと思うが、身体は固まり動かない。

彼女は胎蔵界様の聲と同時に、素早く右手を挙げ、光を帯びた指先で何かを描いている。青白く光る人差し指で描かれたのは、全員を囲むほどの大きな盾だ。その盾は薄いグレーで半透明になっており、迫り来る矢が透けて見える。

間に合うか。その瞬間、矢は盾に当たり「カン」と言う乾いた音を立てる。矢は地面に落ちると消えてしまった。俺はほっと胸をなでおろす。どうにか間に合った。

それにしても彼女の指先からは色んな道具が描きだされ、絵が現実の物になる。斎藤さん夫婦は、彼女の奇妙な動きに少し戸惑っているようだ。勿論目の前で起きる出来事が視えていないのだから仕方がない。ただ、有紀ちゃんだけが、飛んでくる矢を目で追っていた。彼女には闇の世界が視えているようだ。

今度は家の中から数十本の矢がいっせいに飛んできた。放たれる矢の数が先ほどの倍以上に増えている。しかも今度は俺に狙いを定め飛んできた。盾をよく見ると、俺の身体が半分盾からはみ出している。盾の中に隠れようと思うが恐怖で脚が竦み動かない。迫りくる矢に俺は慌てふためき、早口で彼女に助けを求める。

「ハルさん、盾が俺の所まで届いていません。早く盾を出してください」

声は裏返り必死に彼女に助けを求める。パグがこちらをのぞき不審な顔をする。

ハルさんは振り向き盾を見ると「あらまあ本当だ」と落ち着いた様子で返事をする。ゆっくりしている場合ではない。矢はもうすぐそこまで迫っている。迫りくる矢に俺はなすすべなく全身に力が入る。

やっと彼女の右手が動き出すと、あっという間に盾を描き俺の前に差し出す。盾が来ると同時にカンカンと続けざまに矢が当たる。どうにか間に合った。少し肩の力を抜く。すると今度は心臓の音がやけに耳につく。ほんの数分の出来事で寿命が何年縮まったことか。

その後途切れることなく家の中から矢が放たれた。立て続けに放たれる矢が盾に跳ね返る。このままではらちが明かない。すると雨のように降り続く矢で盾にヒビが入り始めた。

「まずいわね」

ハルさんの心の聲が聞こえる。するとまた胎蔵界様の聲が聞こえてきた。

「ハル。テンを呼びなさい」

「はい、お母さま」

二人の話に俺は耳を疑う。手のひらサイズのテンが来たところで、この状況をどうやって変えると言うのか。降り注ぐ矢に当たり死ぬのがおちだ。日頃生意気なテンも、死ぬと思うとかわいそうになってきた。何か俺にもできることはないのだろうか。そう思うが、未だに足がすくみ身体が動かない。まったく情けない。

「テン。あの矢をどうにかして」

彼女はテレパシーでテンに話しかける。テンはもう来ているのか。頭を左右に振り見渡すがテンの姿は見当たらない。かわいそうに、テンはここで死ぬのだろう。そうだ、死んだらテンのためにお墓を作ってあげよう。今の俺にできることはその程度だ。

すると雲間から日差しが射してきた。その時俺の足元でなにかの影が動いた。飛行機でも飛んでいるのか。しかしエンジンの音は聞こえない。空を見上げると強い日差しに、黒い影が動く。空で何か飛んでいるようだ。その影は徐々に大きくなってきた。同時に上空から強い風が吹き始める。何だろう。鷹などの鳥にしては影が大き過ぎる。ヘリコプターか。風は強いがエンジン音はしない。目を凝らし見つめるとその影は徐々に大きさを増す。

頭上数百メートルのところで止まる。俺はその影にすっぽり包まれる。

「でかい鳥？　……」

姿は鳥のようだがけた外れの大きさだ。まさに恐竜が現れたのだ。その鳥は翼を広げ優雅に空を舞う。俺は息をするのも忘れ空を見上げる。

羽は赤く、光に反射し空が燃えているように見える。身体は鮮やかな瑠璃色で、顔はマナコは赤く金色の嘴とトサカが神々しい。尻尾は黄色や緑、青などいろんな色が混ざり合い孔雀のような模様をしており、優雅に風に揺れている。

綺麗だ。あれがテンなのか。俺は慌てて頭を左右に振る。「まさかあれがテンのはずはない」と心の中でつぶやく。するとハルさんがテレパシーで「あれはテンよ」と伝えてきた。俺は驚きのあまり、口を開けたまま顎が外れそうになる。かごの中のテンとは大違いだ。顎に手を当て元に戻すと俺は再び空を見上げる。

翼を広げ優雅に飛び回るその姿はまさに鳳凰である。テンは頭上で大な羽を広げ羽ばたいている。するとそのつど空き地に小さな竜巻が現れる。この竜巻は現実世界でも起き、砂ぼこりが上空に舞い上がる。斎藤さん夫婦は舞う砂埃からベビーカーを守るため身体を覆う。

一方、家から放たれる矢は、竜巻に巻かれ大空に消えていく。目の前で起きる出来事が現実離れし、目が点になる。鳳凰となったテンは家から放たれる矢を注意深く見守っている。

テンの登場により放たれる矢は俺たちのいる所まで届かず、竜巻に搦めとられ上空に消えて行く。依然、テンは上空でゆっくり羽を動かしている。羽を動かすたびに地上では砂ぼこりが舞い上がる。リビングの窓から青白い顔をした父親がテンを苦々しい表情で睨みつける。家から矢が飛ばなくなった。

しかし静かな時間は長く続かない。今度は家の中から小さな黒い動物が列をなしこちらに向かってくる。「なんだろう……」俺は目を凝らして見ると、ハリネズミだった。鼠が現れると、やはり猫だろう。

すでに目の前に福先生が現れていた。先生は白い毛をなびかせハリネズミに向かい走っている。今まで気付かなかったが、先生の尻尾は五本ある。その尻尾を孔雀のように広げ威嚇しながら走る。

すると先生の身体が二つ、三つとまるで分身の術を使うかのように増えていく。ハリネズミの大群と衝突する寸前には十四にまで分かれていた。先生は忍者か。

ハリネズミが先生めがけ飛びかかる。その時、ニャンコ先生の両足がオレンジ色に光った。光る足は刃物のように切れ味鋭く、触れただけで奴らの身体は真っ二つに裂ける。しかし数に勝る奴らは次から次に先生に襲いかかる。とうとう先生の身体は奴らに覆われ、黒い塊が十個出来上がっていた。

今なお次から次へと家の中から奴らが現れている。黒い針山がどんどん大きくなる。その大きさは子供の象ほどの大きさにまで膨れ上がった。福先生は大丈夫なのか。俺は緊張し、目を皿のようにする。

しばらくすると幾重にも重なったハリネズミの山の一つから、オレンジ色の光が漏れ始める。すると他の針山からも光が一斉に漏れ始めた。その光は徐々に強さを増し、いつの間にか黒い針山がオレンジ色の光に包まれる。

次の瞬間、閃光が走る。俺はあまりの眩しさに目を閉じた。次に目を開けるとハリネズミたちの姿は消え、替わりに半分にやけ顔の福先生が現れた。十匹のすべての先生が四方八方に散らばりにやけている。心配して損した気分だ。

ニャンコ先生の足元には黒い砂が敷き詰められていた。恐らくハリネズミたちの残骸なのだろう。

先生の全身からはオレンジ色の光が差し、襲い来る鼠はその光に触れるだけで粉々に砕け散る。すると十匹の先生の顔が、今度はドヤ顔になった。その顔に俺は笑いが込み上げる。

実家からは今なお大量のハリネズミが突進している。上空のテンはその様子を静かに見守る。そんなテンが動き出す。羽を広げ家めがけ翼を大きくはためかす。突風と共に光る物が流れ星のように落ちてくる。

「なんだ、ありゃ……」

その光は地面に刺さる。目を凝らし見つめると、銛のようだ。続けざまにテンは銛を降らせる。その銛は家の周りを取り囲むように降ってくる。銛は地面に刺さるとこちらもオレンジ色に光り始めた。あっという間にオレンジ色の銛が家の周りを取り囲む。その光に鼠たちが触れると、身体が粉々に砕け黒砂に変わる。テンはオレンジ色に光る銛で館の周りに結界を作ったのだ。「すごい、すごい」俺は子供に返ったようにはしゃぐ。

すでに結界から逃れていた鼠たちは、一か所に集まり立ち止まっている。前には福先生、後ろの館には光の輪に囲まれ、行き場を失ったハリネズミ。すると一匹のハリネズミが仲間を襲い共食いを始めた。すると周りにいた鼠たちもそれぞれ仲間を襲い始める。一体何が起きているのか。しばらくすると一匹の身体を大きく膨らませた鼠が目の前に現れた。強い物が弱い物を食らう。弱肉強食の世界ではあるが、仲間同士で共食いをするとは。闇の世界は凄まじい。

勝ち残った一匹のハリネズミはミニバンほどの大きさにまで膨れ上がっている。奴の身体からは今までのハリネズミとはまったく違う強い妖気が漂う。その妖気に俺は後ずさりしそうになる。

福先生に目を向けると、いつの間にか分身たちは消え、身体は軽自動車ほどの大きさになっていた。

両者、相手の出方を見るため睨み合いが続く。眼鏡越しにその様子を見守る俺の方が、緊迫して喉がカラカラになる。

先に動いたのはハリネズミだった。奴の身体からブーンという音が聞こえてきた。音はお尻のあたりから聞こえる。目を凝らし見るとストローのような物が束になり、それを振動させ音を立てている。あれは奴の尻尾なのか。闇の世界にブーンという不気味な音が響き渡る。

その音を耳にした俺は突然目眩がして地面が回り始めた。どうやらあの音は平衡感覚を麻痺させるためのものらしい。まんまと相手の術中にはまった俺はその場に尻もちをつく。

まずい、斎藤さん夫婦に怪しまれる。俺は咄嗟に手を合わせ小声でデタラメな呪文を唱え始める。しばらくすると二人の視線も俺から離れた。どうにか誤魔化せたようだ。それにしても先生は微動だにせず立っている。さすが先生、これしきの術ではビクともしない。俺はピンと張った先生の耳を見る。そこには耳栓が見えた。

「えっ、耳栓しているの」

俺は小声でつぶやく。そう言えばもう一人あの音を聞いて凛と立ち続ける人がいる。ハルさんだ。俺は彼女に目を向けるとこちらも耳栓をしている。

「ハルさん、お前もか」

俺はシェイクスピアの戯曲ばりにつぶやく。二人とも相手の術が分かっていたのだ。

俺は勿論耳栓など準備していない。仕方なく人差し指で耳を塞ぐ。するとそれまで回っていた地面がおさまり平衡感覚も戻ってきた。両方の指で耳をふさいだまま立ち上がると二人に怪しまれるため、俺はベビーカーの陰に隠れ座ったまま戦を見守ることにした。

ハリネズミは先生が耳栓をしていることに気付いたのか、次の術を繰り出す。今度は後ろ足で地面を蹴り、体重を乗せそのまま地面を踏みしめる。まるで子供が地団太を踏むような不思議な仕草を繰り返し始めた。すると地面が揺れ始め俺の身体も波打ち始める。奴が地面を踏みしめるたびに地面が揺れ、俺の身体はトランポリンの上に乗っているかのように前後左右に跳ねる。俺は慌てて両手で地面を押さえる。たまたまベビーカーの陰に隠れダルマのように転がる姿は二人に見えていない。身体を両手で支え安定させると、それまで飛び跳ねていた身体はようやく治まった。闇の者は予測不能な術を次から次に繰り出してくる。

俺は少し落ち着くと福先生に目を向ける。先生は何事もなかったように平然とその場に立っている。相手の術も物ともしていない。俺は不思議に思い、まじまじと先生を見つめる。すると先生の足は宙に浮いている。

「えっ、飛んでいるの」

俺が小声でつぶやくとハルさんがテレパシーを使い教えてくれた。

「福は自分で作った結界の中にいるのよ。だから空中に浮いているように見えるの」

そうなのか。先生は結界に包まれているのか。そう教えてもらい先生をよく見ると、薄い紫色の輪の中にいる。あれが結界なのかと小さく頷く。俺は依然揺れる地面を両手で支え今度はハルさんに目を向ける。彼女も微動だにせずその場に立っている。彼女も薄い黄色の輪の中に立っていた。彼女も結界を張り奴の攻撃を防いでいたのだ。

「ハルさん、お前もか」

今日二度目のセリフに、彼女は顔を緩ませる。何も知らない俺だけがゴムボールのように飛び跳ねている。

ハリネズミは先生がピクリとも動かないため、地面を踏み鳴らすのを諦める。これでようやく俺の身体も落ち着いた。

苛立ちの隠せないハリネズミは、前足で地面をカリカリと掘り起こし先生を威嚇する。福先生は真っ白な身体に五つの尻尾を孔雀のように広げ、余裕たっぷりの姿でハリネズミを見上げている。しばらく両者の睨み合いが続く。

緊迫した中、両者一歩も動かないまま時間だけが過ぎていく。父親もその様子をリビングから見守る。依然青白い顔のまま目は据わり、見ているこちらが今にも胃から何かが込み上げてきそうだ。

突然、稲妻が福先生とハリネズミの間に落ちた。刹那、地面を揺らすほどの大きな音が響き渡る。俺はその雷鳴に度肝を抜かれ身体がのけ反る。

　稲妻を合図に両者は走り始める。大きな身体のわりに身のこなしの軽いハリネズミは、飛び上がると身体を丸め得意の針攻撃で先生の背中に乗る。先生は一回り大きな奴に上から針で押しつぶされ、押さえ込まれている。ネズミが猫を襲う現実とはあべこべな状況に、俺は座ったまま拳に力が入る。先生の足は地面にめり込むほど上から押さえられ針が身体に突き刺さる。見ているこちらの背中が痛くなる。

　先生の真っ白な背中から血がにじみ出てきた。赤く染まった背中が徐々に紫色に変わっていく。どうやら針先に毒が仕込んであるようだ。先生は両足で地面を踏みしめ苦痛に耐えている。状況は不利である。

　奴は丸めていた身体を広げると先生の背中全体に自慢の針を突き刺す。奴が背中を動かすたび、先生の口からうめき声が漏れる。誰か先生を助けてくれ、と俺は心の中で叫ぶ。

　その時、福先生の五本の尻尾がするりと伸び始めた。伸びた尻尾はハリネズミの細い首に巻き付く。すると尻尾はピンと張り奴の首を絞め付け始めた。ネズミは金切り声を上げ先生の背中に乗ったままもがき始めた。先生は間髪入れずにミニバンほどの奴の身体を首に絡めた五本の尻尾のみで持ち上げ始めた。形勢は一気に逆転した。

　宙に浮いたネズミは、声が出ないほど首を絞められ苦しんでいる。先生の尻尾は空めがけどんどん伸びる。とうとう上空にいるテンの所まで伸びると止まった。

つぎの瞬間、奴の身体は先生の尻尾に引きづられ空から勢いを増し落ちてきた。豆粒ほどのハリネズミがあっという間に元の姿にもどり地面に叩きつけられた。裏の世界では大きな音と共に地面が揺れ土埃が舞う。すると表の世界でも同時に地震が起きた。裏の世界の戦いが表の世界に影響を与えている。

突然の地震に斎藤さん夫婦は慌てて有紀ちゃんのベビーカーを支える。

土埃が治まり地面には大きな穴が出来上がっていた。俺は立ち上がり穴の中を覗き込む。するとハリネズミの尻尾はだらりと伸び、身体は動かない。しかし福先生は止めを刺すべくオレンジ色に光る前足でハリネズミの喉元を突き刺す。

「キィー」と言う大きな鳴き声が裏の世界にこだまする。不気味な鳴き声に、背中に寒気が走る。

ハリネズミは切り裂かれた喉元から消え始めた。福先生とテンが力を合わせ闇の者たちに勝ったのだ。二人の表情に笑みが浮かぶ。

リビングに目を向けると、父親が苦々しい顔でテンと先生を交互に睨みつけている。俺の視線を感じたのか、父親と目が合う。俺は目が合っただけでその妖気に圧倒され、全身に鳥肌が立ち知らぬ間に後ずさりする。父親は何をそんなに憎んでいるのか。実の親子なのに。禍々しい妖気に、今すぐその場から逃げ出したい気分だ。

ハリネズミの姿が完全に消えると、福先生は次に妖気漂う館に向け走り始めた。父親は先生を睨みつけると、今度は家の中から数百本の矢が一斉に先生めがけ飛んできた。先生は五本の尻尾を盾代わりにぐるぐる回し家に突進する。

放たれた矢は尻尾に当たると跳ね返され四方に飛び散る。その一本が、俺たちのいる所まで飛んできた。

「福先生、こんなところまで矢を飛ばさないでください」と心の中でつぶやく。するとすぐさま「うるさい、黙れ」と怒られた。

それにしてもかなりの矢が先生から弾き飛ばされ俺たちの所に飛んでくる。正面にはハルさんが書いた盾があり大丈夫だ。しかし頭の上には何もない。俺は弾き飛ばされる矢を避け、突進する福先生を食い入るように見つめる。一体何が始まるのか。

すると今度はハルさんが人差し指で何か描き始めた。描かれたのは弓矢だ。矢は矢尻が金色に光っている。彼女は弓をしならせ金色に光る矢を家に向け放つ。

ヒューという音と共に金色の矢は一直線に家へと向かう。父親は素早く盾を用意すると飛んでくる矢に向ける。しかしその矢は家の前までくると、急に角度を変え地面に刺さる。一体どうなっている。

地面に刺さった矢は、まるで生き物のように地面にもぐり込む。

「バリバリ……」

見る見るうちに地面が音を立て裂け始めた。その亀裂はまるで家の周りを蛇が這うように裂け、建物の周りを取り囲む。ちょうどその時、福先生は家の前まで走り寄りそのまま建物に体当たりした。ドンという大きな音が響く。次の瞬間、建物が傾き始めた。

「えっ、家が倒れるの。うそでしょう……」

思わず声が漏れる。大型のユンボでも、一撃で家を傾かせることは不可能だ。目を点にし、その様子を眺めていると今度は上空からテンが降りてきた。

今度は何が起きるのか。目の前で起きる摩訶不思議な出来事に、俺は映画のスクリーンを見るかのように茫然と眺めている。

テンは家の真上まで降りてくると二階の屋根に留まった。地上に降りたつテンの大きさと煌びやかさに俺の目は奪われる。翼を畳んで留まる姿は禍々しい家とほぼ同じ大きさだ。

頭や身体は青い羽根に覆われ、鋭く尖る金色の嘴が顔をシャープに見せる。俺たちを見下ろす眼光は獲物を狙う鷹のように鋭い。羽は黄色や赤、青色などの色鮮やかな羽根が並び不思議な模様を作り出している。これが癒し部屋にいたテンなのか。俺は大きく口を開けたまま言葉を失う。思わず小声で声を掛ける。

「テン……」

「オウ、バーカか……」

やっぱりテンだ。憎まれ口は部屋にいる時のままだ。しかし不思議とその言葉にムカつかない。むしろ鳳凰に馬鹿と言われ納得するくらいだ。

テンはしばらく家に留まりあたりを見渡すと今度は大きな翼をゆっくり広げ始める。もしかしてテンは二階建ての家を持ち上げる気なのか、と思うが早いか広げた翼を大きく羽ばたかせる。現実の世界では砂ぼこりが立ちあがり俺は目を細めながらもテンから目を離さない。

それまで風一つなかった空き地で竜巻や砂嵐が起きる。それもこの空き地を中心に起きている。斎藤さん夫婦もここで何かが起きていると薄々感じているようだ。

テンは大きな翼を五、六度羽ばたかせると砂ぼこりが舞う。地面が再び揺れ始めた。裏と表の世界でまたも同時に地震が起きる。その直後、家は地面から離れ宙に浮いた。

「えッ……マジで……」

俺は目を疑った。これは現実？　俺の頭の中は、踏みつけられた蟻の巣の中にいるように大混乱になっている。

テンは両足で家を摑んだまま、大空に羽ばたき去っていく。頼むから途中で落とさないでくれ。俺は祈るようにテンの姿を見守る。そんな俺の心配をよそにテンの姿は徐々に小さくなりとうとう見えなくなった。

実家は裏の世界でも空き地になった。空き地に残ったのは力尽き地面に座り込む父親とその正面に福先生がいる。

するると父親の後ろで何か光る物が見える。「ん……何があるのか」俺はのぞき込むように身体を傾けその光に焦点を合わす。そこには例の青白く光る塔が立っていた。なんでここに闇の塔が立っているのか。俺は不思議に思う。

父親に目を戻すと、彼は魂が抜け落ちたように呆け下を向いていた。

戦いが終わった。俺たちが勝ったのだ。緊張の連続で肩の力が徐々に抜けていく。ほっと息を吐き、斎藤さん一家に目を向ける。すると有紀ちゃんの頭に先ほど父親が放った矢が一本刺さっていた。その矢には毒が塗ってあるのか、有紀ちゃんの頭が紫色に変わっている。俺は矢を抜こうと手を伸ばした。

「バチッ」

凄まじい音と共に俺の手に電気が流れる。咄嗟に手を引っ込める。矢に触れると電気が流れ、うかつに近寄れない。その音にハルさんが振り向き、近づいてきた。

「矢に電気が流れ触れません」

俺がそう告げると彼女は伸ばしかけた手を止める。そして父親の方を振り返りテレパシーで話し始めた。

「お父さん、あなたのお孫さんに毒の付いた矢が刺さっています。これを抜くことができるのはあなただけですよね」

彼女がそう伝えると、呆けていた父親は悪い夢から醒めたように表情が戻り、こちらに歩いてくる。先ほどまでの禍々しい妖気は消え、今は台風が去った後の空のように清々しい表情をしている。有紀ちゃんの前まで来ると頭に刺さった矢をいとも簡単に抜いた。ハルさんの話した通り父親が矢に触れても電気は流れないようだ。彼は抜いた矢を真っ二つにへし折ると地面に捨てる。矢は地面に落ちると消えた。

父親は矢が刺さり紫色に変わった頭にそっと右手を添える。するとそれまで紫色だった肌が元の姿に変わる。

有紀ちゃんはおじいちゃんの姿が見えているのか、ベビーカーからその様子を見上げている。彼女はおびえる様子もなく、キョトンとした表情でおじいちゃんと目を合わせる。その表情に父親は笑みを浮かべる。父親は憑き物が落ちたように人が変わっている。これが本来の彼の姿なのだろう。俺の心に暖かいものが浮かんできた。

彼が守っていた家がなくなり、憑き物が落ちてしまったのだろうか。隣のハルさんも警戒していない。この様子が見えていないのは夫婦二人だけだ。傷口をいやした父親は孫に向かい話し始めた。

「すまない。私が間違っていた。許してくれ」

彼の目には薄っすらと光るものが見える。彼は初めて孫に会ったのか、目元が息子に似ているとか、口元が小さい時の息子に似ているとかひとり言を言っている。肩を丸め、孫の様子を楽し気に話す彼は、先ほどまでの死闘の相手とは思えないほど穏やかな表情に変わっていた。

斎藤さん夫婦も異変に気付き戸惑いながら彼女に話しかけた。

「土地のお祓いは無事に終わったのでしょうか」

「ええ。無事終わりました。今、お父様がここにいらっしゃいます」

彼は目を大きく見開きあたりを見渡す。突然、亡くなった父親が現れれば驚くのも無理はない。

するとハルさんは右手を父親の頭の上に挙げ、念仏を唱え始めた。すると指先から銀色の粉が父親の身体に落ち始める。粉が父親の身体に触れると彼の身体は白く光り始めた。

表の世界でも父親の姿が現れた。目の前に突然現れた父親に二人は驚きのあまり声を失っている。

パグは亡くなった父が突然目の前に蘇りうろたえている。その様子がどこか後ろめたそうな眼差しで気になる。父が亡くなり直後に家を売りに出したからなのだろうか。そんな彼をよそに父親は俺たちを見ながらゆっくり口を開く。

「私を元の姿に戻していただきありがとうございます。私は自分の家への執着が強く闇の者の声に耳を貸し心も身体も操られていました。今もう、まやかしの家もなくなり、私を操っていた者の気配も消えました」

そう言えば、家が消えた後、残っていた青白い塔が消えている。きっとハルさんが崩したのだろう。彼女は父親を見ながら口を開いた。

「お父さん。あなたに何があったのですか」

彼女の問いかけに父親はうつむき、沈黙する。彼は息子に目を向けると小さなため息を吐き話し始めた。どうやら斎藤さん夫婦にも彼の声が聞こえているようだ。パグは父の言葉を、一言一句聞き漏らさないように耳を傾けている。

「私の人生を変えたのは妻の死でした。妻が病気をするまで、私は仕事一筋の人生を送っていました。それなりの役職を得ながら充実した日々を過ごしていました。しかし妻に病気が見つかり余命宣告を受けると、私の人生が大きく変わりました」

父親は心にうす雲が広がる様な面持ちで話す。

「余命宣告を受け、私は会社を退職しました。その後は妻の看病に専念しました。妻のいない家では、彼女の服さえどこに仕舞ってあるのか分からず、右往左往する毎日でした。彼女がいない日常がこれほど大変なものとは思ってもいませんでした。大袈裟なようですが、妻のいない家では一日たりとも過ごすことができない。そんな思いでした」

この世代のサラリーマンはモーレツに働くことが美徳とされ、家には寝に帰るだけだったと先ほど車の中で話してきた。父親も同じ生活をしていたのだろう。また新しい家を建て、余計に仕事に打ち込む日々が続いたのだろう。きっと奥さんも父親のことを理解し、夫に負担を掛けまいと家のことはすべて取り仕切っていたのだろう。

「妻は日増しに痩せていき、病状は悪化するばかり。亡くなる前には、目は窪み、身体はやせ細りまるで別人でした。それでも最後まで意識ははっきりしており、彼女は最後に『ありがとう。幸せでした』といい残しこの世を去って行きました。私は仕事にかまけ彼女のために何もしてこなかった。なのに、彼女の最後の言葉は私への感謝でした」

パグは真剣な眼差しで父親の話を聞いている。彼はこれまで、父親の心の聲を聞いたことはなかったのか、初めて聞く話に眼には薄っすら涙さえ浮かべている。

「その後、息子の勧めで施設に入りました。しかし施設の生活もそれまでとあまり変わらず、胸にはポッカリ穴が開いたままでした。施設で過ごす日々は社会の中で不要なものと扱われるかのようで、私の人生は一体何のためにあったのだろうと思う日が続きました」

仕事一筋で生きた彼にとって、仕事を失い妻も亡くし、ポッカリ開いた心の穴はどれほど大きいものだったのだろう。

「自殺当日、部屋で過ごしていると妙に寂しい思いに駆られ、私は施設を出て散歩に出かけました。外は青空が広がり、時折鳥の鳴き声が聞こえていました。すると急に妻と過ごした家が恋しくなり、私の足は自宅に向かいます」

　自分の家が恋しくなる気持ちは良く分かる。

「途中、疲れた私は公園のベンチで休憩することにしました。公園では小さな子供たちが親の見守るなか、滑り台をグルグルと駆けまわり遊んでいます。いつの日か孫と一緒に公園で遊ぶ自分を思い浮かべ、ベンチで休んでいると隣に二十歳ぐらいの青年が座り話しかけてきました。彼も小さい頃、母親と一緒に公園の滑り台で遊んでいたらしく、懐かしい思い出が蘇ったと話していました。しばらく私たちは子供たちの声が広がる公園を眺めていました」

　無邪気に遊ぶ子供の姿は、見ていて飽きない。

「私も息子が小さい頃、休みの日にはよく公園に遊びに出かけていました。しかし、新しい家を建てた頃から仕事が忙しくなり、息子と一緒に過ごす時間は少なくなりました。息子には寂しい思いをさせすまないと思っていました」

　パグは当時を思い出したのか表情が冴えない。そう言えば子供の頃、父親との思い出が少なかったと話していた。

「その青年は母親と二人で暮らしていると話していました。しかしその母も二年前に亡くなったと言っていました。まだ若いのに寂しい思いをしているのだろうと思い、しばらく彼の話に付き合うことにしました」

寂しさを抱える二人はどこか似た者同士で知らぬ間に引き寄せられたのだろう。

「しかし私はその後の記憶がなく、気が付くと自宅のリビングのソファーに座り寝ていました。すると遠くで男の声が聞こえてきました。『お前はなぜ生きている。何のために生きているのだ。日が昇ると目が覚め、日が暮れると寝る生活に何の意味がある。これから先も楽しいことなど何もない。誰からも相手にされず、寂しい日々が続くだけだ』私は不思議に思いあたりを見渡しますが誰もいません。ふと先ほどの彼の話が頭をよぎります。たくさんの人がいる施設でも、いつも孤独を感じていたからです。妻を亡くし心に開いた穴には、いつも冷たい風が吹いていました。私はこれから先も、この穴を埋めることはできないだろうと思い始めます」

雲行きが怪しくなってきた。ベビーカーで話を聞く有紀ちゃんも不安そうに見上げている。その場にいる全員が、彼の話に固唾を呑んで聞く。

「そう考えていると再びどこからともなく声が聞こえてきました。『死んだら何もかも忘れられ、楽になるぞ』その一言が私の心に流れ込み、身体が勝手に動きます。施設に移る際に使ったロープが目に留まり、気が付くとリビングの天井へロープを掛けていました。その先の記憶はありません。気が付くと首を吊った自分の姿を、まるで他人を見るかのように横で眺めていました。私は死んで魂が身体から抜け出ていたのです」

そんな些細なことで自殺までするのだろうか。どうやら闇の者の気配がする。隣で話を聞いているハルさんも、浮かない顔をしている。

「私はただ散歩に出かけただけなのに気が付けば死んでいたのです。私の人生はあっけない幕切れとなったのです」

自殺をする時の精神状態は、正常ではないだろう。しかし今回の自殺は本人も気付かないまま死に追いやられ、父親も何が起きたのか分からないようだ。気になるのは公園で出会った二十歳くらいの青年だ。彼に話しかけられる前までの父親に異変はなかった。彼に出会ったその後の父親の記憶が曖昧だ。二人の間で何があったのだろう。父親はまるで彼に操られ自殺をしたような気がする。父親の自殺には裏の者たちが関係するのか。

パズルのピースはいまだ揃わず未完成のままだ。このパズル、いつ完成するのか。俺は出口の見えない迷路に迷い込む。

「葬儀の席でも私は繰り返し息子に謝っていました。しかし彼に私の聲は届きません。「すまない」の一言さえ伝えられず、私は土砂降りの雨の中に立ち竦むように心が暗く沈みます。生きている間にもっと話をしておけばよかったと何度も後悔しました。

葬儀を終えると息子はこの家を売りに出すと言いだしました。私は自分の耳を疑いました。この家は私が家族を守るため建てた城であり、生きた証だ。この家が崩されると私の生きた証がなくなる。その時、心の奥底で怒りの炎が芽生えました」

確かに亡くなってすぐ実家を売りに出すのはどうかと思う。パグは実家に愛着がなかったのだろうか。

「私は息子に繰り返しこの家を奪わないでくれと頼みました。しかし私の願いは叶うことなく、四十九日を待たず家は解かれることになりました。私は胸の中で灼熱の怒りが貫き、全身の血が逆流する思いで解かれる家を眺めていました。するとどこからともなく声が聞こえてきます。『お前の生きた証を奪う息子を恨み、この地に留まるのだ』私は怒りで我を忘れ頷きました。すると今度は地の底から不思議な力が私の魂に流れ込んできました。不意に意識が遠のき、気が付くと空き地だった所に私の家が建っています。恐る恐る中に入るとそこは紛れもなく私の家でした。取り壊されたはずの家が再び蘇ったのです。これで心置きなくあの世に戻れるそう思ったとたん、今度は身体が動かなくなり再び声が聞こえてきます。『お前の望むものを用意した。家を奪った息子を恨みこの地を守り続けるのだ』すると私の魂は何者かに操られるように、息子への恨みの炎が燃え始めました」

父親は闇の者が建てた青白い塔を守るため、利用されたのだろう。闇の者は何のため父親を操りこの地を守るのか、今は分からない。しかし、青白い闇の塔が建っていたのは事実だ。そう思っていると胎蔵界様の聲が聞こえてきた。

『憎しみの塔を守るためにこの地に留まらせたのよ』

「憎しみの塔」俺は心の中でつぶやく。今度はハルさんがテレパシーを使い話し始めた。「憎しみの塔を建て結界に閉じ込められた何者かを復活させようとしているの」

　俺は二人の話の内容がよく理解できない。しかし何者かの復活のため塔を建て、父親はその守役として利用されたのか。そんな父親は何もない空き地に目を移し、再び話し始めた。

「あの日以来、私はこの家を守り続けた。購入を希望する者たちには、不吉な影を見せ購入を邪魔した。二年が過ぎる頃には、私もこの家も人々から忘れ去られた。息子でさえ私の事を忘れ墓参りにも来なくなった」

　立地の良いこの土地が売れなかったのは父親が購入の邪魔をしていたのか。

「すると私は孤独の殻の中に閉じ込められることになった。息子は命日も忘れる有様で、私は本当に生きていたのか、と思う日々が続いた。その時息子に子供が生まれた。可愛い女の子だ。新しい命の誕生に喜んでいると、闇の者の声が聞こえてきた。『息子はすでにお前のことなど忘れてしまっているようだ。お前が汗水流し働いたおかげで弁護士になれたというのに、薄情な奴だ。息子にお前の事を思い出させるためあの子に因縁を憑けると良い。あの方の復活にも新しい命が必要だ』と話します。復活とは何のことなのか。その言葉を不審に思いながらも、この孤独から抜けることができる、という言葉に心が動きます。私は悪いことと知りながら、生まれてきたこの子に因縁を憑けることにしました」

やっと因縁の原因が見えてきた。それにしても、父親はなんて身勝手なのだろう。何の関係もない有紀ちゃんに因縁を憑けるなんて。それに息子は墓参りを忘れるほど日々の生活が忙しいのだろうか。墓に行けなくても命日に自宅で手を合わせ、父親の冥福を祈ることくらいできそうだ。因縁を憑けるなら息子に憑ければよかったのに。

「その後、因縁の憑いたこの子は生命力が抜き取られ、誰かのもとに送られているようでした。私は間違いに気付きすぐその因縁を解こうとしました。しかし一度憑けた因縁は私の力で取り除くことができません。その頃から私にも変化が訪れ自分をコントロールすることができなくなりました。私は闇の者たちの声に従い、自宅の周りに災いを呼ぶ怨霊となってしまいました。薄れゆく意識の中、人々の怒りや憎しみの力を増幅させ、その怨念を自分の身体に取り込む姿はまさに鬼でした」

彼は心も闇の者に支配され、鬼となってしまったのだろう。それにしても死を迎えなお心の隙間に入り込み鬼を作り上げる。闇の力は恐ろしい。

闇の者たちは憎しみの塔を守るため手段を選ばない。こうして有紀ちゃんに因縁が憑き憎しみの塔には番人がついた。今はまやかしの家や塔も消え、闇の者に操られていた父親も正気を取り戻した。しかし有紀ちゃんの周りには、いまだに灰色の雲がうごめいている。いまだに因縁は消えていないのだ。ハルさんは不思議に思い父親に尋ねる。

「有紀ちゃんはなぜ、今なお因縁の雲に覆われているのですか。あなたは今もこの子に因縁を憑けているのですか」

父親はゆっくり頭を横に振りながら答える。

「私のかけた因縁はすでにありません。この雲は闇の者がこの子の持つ純粋な力を利用するため新たに憑けたものです。何者かの復活のため、この子の力が必要なのでしょう」

俺は誰の復活なのか父親に訊いてみた。しかし父親はそこまで知らされていなかった。

父親の話に頷きながら聞いていたハルさんが話し始める。

「今からあなたを除霊し奥様のもとに返します」

彼は唖然とし彼女を見る。

「こんな私が妻のもとに戻れるのでしょうか」

ハルさんは子供に諭すよう、優しい口調で話しかける。

「今回あなたは孤独という心の隙間に闇の者が忍び寄り、あなたを鬼に変えました。闇の者たちはどうしてもこの地を守る必要があったのです。そのため、あなたの心の闇を利用したのです」

するとそれまで一言も口を開かなかった息子が父親に話しかけた。

「父さん。実家を売りに出し本当にすみません。あの時私は新たに家を建て、二軒の家を維持することができませんでした。家族の思い出が詰まった家を売りに出すことは私にとってもつらいことでした」

彼の目は赤く染まり薄っすら涙を浮かべている。父親の目にも光るものが見える。

「分かっておった。謝らなければいけないのは私の方だ。私は仕事にかまけ家のことを顧みなかった。小さかったお前の相手もできず、家のことは母さんに任せっきりだった。きっと寂しい思いをさせただろう。すまなかった」

二人は見つめ合い、しばし言葉を失う。息子は父親の最後の言葉を胸の中で噛みしめているようだ。裏の世界では、雲間から俺たちを包むように日差しが降り注いできた。

ハルさんは手を合わせると真言を唱え始めた。父親をあの世に送るためだ。彼女の真言は父親を優しく包み、彼の頬に一滴の涙が流れる。息子は父親の姿を目に焼き付けるため、その様子をじっと見つめている。父親の身体が少しずつ薄くなり始めた。

すると今まで大人しくしていた有紀ちゃんが薄くなる父親に手を伸ばし話し始めた。父親は消えゆく手を懸命に子供のもとに伸ばす。しかしその手は届くことなく消えていく。

最後に父は息子に向かい小声で何かを伝えた。俺に聞こえたのは最後の「ありがとう」だけだった。

銀色の光を放っていた父親の身体は煙のように消えて行く。俺は父親が無事奥さんのもとに戻れますようにと目を閉じ祈る。あたりは静まり返りパグの鼻をすする音だけが響く。

実家の除霊はすべて終わった。俺は眼鏡を外し胸ポケットに仕舞う。空き地には暖かい風が吹きはじめる。すると息子が鼻声交じりの声でハルさんに話しかける。

「ハルさん。お恥ずかしい所をお見せし、すみませんでした。これで父もやっと母のもとへ帰ることができました。最後に父は仕事より家族を大切にし、私と同じ過ちを犯すなと話していました。私もどうやら父と同じ道を歩んでいるようです。最後まで父に心配をかけ、恥ずかしい限りです」

彼はそう話しながら有紀ちゃんをベビーカーから抱きかかえた。

有紀ちゃんは上機嫌で、パグに抱かれると顔に手を伸ばす。彼女はぬいぐるみのような小さな手でパグの頬を撫でる。彼女の笑みがここにいる全員の心を和ます。

先ほどまでの禍々しい妖気は消え去り、いまはただの空き地に変わった。この地も浄化され元の姿に戻ったのだ。

その後、俺はお祓いで使った道具の片付けをしていると、三人は次に向かう場所について話を始めた。あの式神を付けたゴキブリの向かった先だ。

恐らくそこでも闇の者が待ち構え、闘いを繰り返すのだろう。そう考えると軽いめまいがしてきた。

何もしていない俺がこれほど疲れているのに、二度の戦いを済ましたハルさんの疲労は計り知れない。そう考えるとこれしきのことでへこたれている場合ではない、と俺は急いでお祓いの道具を車に運ぶ。

車は式神のホタルが示すもう一か所に向け走り出す。しばらくするとハルさんがいたずらっ子のような表情を浮かべ話しかけてきた。

「疲れているの。まだなんの活躍もしていないのに」

「活躍できるはずないじゃないですか。あんな化け物相手に……よくまだ命があるなと自分でも感心してるっス」

俺がそう話すと幣立神宮御主がテレパシーで話しかける。

「次のところでは、ひと働きしてもらわんといかんのう。それまでゆっくり休むと良い」

「えっ。俺は何もできませんよ。殺す気ですか」

心の中でつぶやく。冗談じゃない。あんな化け物相手に、何もできるはずがない。取り憑かれ、最後は殺されるのがおちだ。死んだらバイトどころじゃない。

あれ、なんで御主の聲が聞こえてくるのか。俺は胸ポケットに手を当てる。ポケットは空だ。先ほど道具の片付けの際、ポケットから眼鏡が滑り落ち、そのまま掛けたことを思い出した。眼鏡を外し胸ポケットに仕舞うと御主の声は聞こえなくなった。

するとハルさんから「頼りにしているわよ」と微笑みながら声をかけられる。彼女の微笑みにはかなわない。俺は苦笑いしながら「がんばります」と答える。

車内が急に静かになった。よく見るとハルさんと唯奈さんが寝息をたて眠っている。後ろの席からは手持ち無沙汰の有紀ちゃんが俺の頭を突いてきた。遊び相手がいないようだ。振り返り変顔で彼女の相手をする。しばらくすると運転席からパグが話しかけてきた。

「ハルさんとはお付き合いされているのですか。二人はとても息も合ってお似合いのようですが」

俺は咄嗟にハルさんを見る。彼女はまだ寝息をたて寝ている。俺はほっと胸をなでおろし返事をした。

「付き合っていませんよ。ただの助手で荷物持ちですから」

「そうですか。それは失礼しました」

　パグの話に俺はなぜか動揺する。彼女を好きになったのだろうか。いやいや、それはない。ただ、一人で闇の者たちと闘う姿は勇ましく目を奪われる。手助けしたい気持ちはあるが、今の俺には何もできない。かえって足手まといになるだけだ。今度テンや福先生に相談してみよう。俺はいつの間にか裏の者たちとの戦いに、興味を持ち始めていた。

　ハルさんが目を覚ますと、事故現場で見た塔と先ほど実家でみた塔が同じ物か訊いてみた。

「確かに二軒の塔は同じ物だったわ」

　もしかすると、事件が起きた他の場所にも塔が立っているのでは。俺はそう思い事故現場の印を付けた地図を取り出す。新たに実家とこれから向かう場所にも印を付ける。地図には五か所の印が付いた。その印を線で結ぶと綺麗な正五角形になった。

「ペンタゴン」

　俺は声を漏らす。彼女はその地図をのぞき込み話し始めた。

「正五角形の内角は一〇八度で煩悩の数とおなじなの。それら五つの点を対角に結ぶと星形になるのよ。やってみて」

　俺が五つの点を定規で綺麗に結ぶと、形の整った星が地図に現れた。しかしその星

郵 便 は が き

料金受取人払郵便

新宿局承認

2523

差出有効期間
2025年3月
31日まで

(切手不要)

160-8791

141

東京都新宿区新宿1－10－1

(株)文芸社

愛読者カード係 行

お名前《ふりがな》			明治 大正 昭和 平成 年生 歳	
ご住所《ふりがな》	□□□-□□□□			性別 男・女
お電話番号	(書籍ご注文の際に必要です)	ご職業		
E-mail				
ご購読雑誌(複数可)			ご購読新聞 新聞	

最近読んでおもしろかった本や今後、とりあげてほしいテーマをお教えください。

ご自分の研究成果や経験、お考え等を出版してみたいというお気持ちはありますか。

ある　　ない　　内容・テーマ(　　　　　　　　　　)

現在完成した作品をお持ちですか。

ある　　ない　　ジャンル・原稿量(　　　　　　　　　　)

書　名				
お買上 書　店	都道 府県	市区 郡	書店名	書店
			ご購入日	年　月　日

本書をどこでお知りになりましたか?

1.書店店頭　2.知人にすすめられて　3.インターネット(サイト名　　　　　)

4.DMハガキ　5.広告、記事を見て(新聞、雑誌名　　　　　)

上の質問に関連して、ご購入の決め手となったのは?

1.タイトル　2.著者　3.内容　4.カバーデザイン　5.帯

その他ご自由にお書きください。

(　　　　　　　　　　)

本書についてのご意見、ご感想をお聞かせください。

①内容について

②カバー、タイトル、帯について

弊社Webサイトからもご意見、ご感想をお寄せいただけます。

ご協力ありがとうございました。

※お寄せいただいたご意見、ご感想は新聞広告等で匿名にて使わせていただくことがあります。

※お客様の個人情報は、小社からの連絡のみに使用します。社外に提供することは一切ありません。

■書籍のご注文は、お近くの書店または、ブックサービス(0120-29-9625)、セブンネットショッピング(http://7net.omni7.jp/)にお申し込み下さい。

は上下、逆さまになっている。

「本当だ。綺麗な星形ですね。ただ星の形が上下逆さまですが……」

「その星のことを五芒星と言うのよ。五芒星は紀元前三千年のメソポタミアの書物にも描かれており古くから使われているのよ。世界中で魔術の印として使われているの。日本では安倍晴明が魔除けの呪符として使用し、一筆書きで描くことができるため魔が入る隙を与えないと言われているの。ただ今回のこの形は逆五芒星と呼ばれ悪魔の象徴を意味するのよ」

悪魔の象徴。俺の耳に嫌な響きだけが残る。

「もしかして、悪魔がその印を利用して何かをしようとしているのですか」

「おそらくそうだと思う。その五芒星をよく見てごらん。何か気付かない」

俺は地図に再び目を落とす。星形が上下逆を向いているが、その他に変わった所はない。

「あっ……」

思わず声を上げる。全員の視線が俺に集まる。

俺は斎藤さんの自宅にあらかじめ赤ペンで印を付けていた。その印が五芒星の中心にある。逆五芒星の真ん中に斎藤さんの自宅があるのだ。俺は早口でハルさんに訊く。

「斎藤さんの自宅に何かあるというのですか」

彼女は頷き運転中のパグに話しかけた。

「斎藤さんの自宅に祠のようなものがありませんか」

するとと彼は即答した。

「家の角に小さな祠があります。土地を購入する際、前の持ち主からこの祠は絶対取り壊さないようにと言われ、そのままにしています」

「その祠に、何か書いてありませんでしたか」

ハルさんの問いに彼は首を傾けながら「覚えていません」と答える。

その祠の主が復活を目論み、一連の事件を起こしているというのか。今なお頭の中で絡まる糸はほどけない。だが今向かっている場所に必ず事件の鍵があるはず。俺たちを待つ者はいったい誰……。不安の中、カーナビの声が頻繁に鳴る。どうやら目的地に近づいているようだ。

車が目的地に到着した。目の前には四階建ての焦げ茶色したマンションが立っている。俺は胸ポケットから眼鏡を取り出しかけてみた。眼鏡越しにマンションを見ると最上階の一室に赤く燃える塔が視えた。ゴキブリが戻った場所はここで間違いなさそうだ。

ハルさんは斎藤さん夫婦に、車で待つよう伝え車を降りる。俺も車で待ちましょうかと尋ねると「なに寝ぼけたこと言っているの」と世界が凍るような瞳で返事が来る。

俺にとってはその凍る瞳が闇の者よりはるかに怖い。背中に寒気が走り急いで車を降りる。

階段を上る彼女の横顔に視線を移すと、緊張した面持ちで表情が硬い。今から向かう先にはどんな化け物がいるのだろうか。彼女の不安な表情に、俺の胸の中はザワつく。

四階にたどり着く頃には、額から汗が噴き出していた。真っ赤に燃え上がる塔は今まで見た塔とは威圧感がまったく違う。

部屋の前まで来ると、鉄の扉が俺らを誘うようにゆっくり開く。彼女は誘われるまま部屋に入る。取り残された俺は、慌てて彼女の後を追いかける。部屋に入ると青年が手足を縛られ倒れている。どうやら縛られたまま気絶しているようだ。

「あの、すみません……」

俺の間抜けな声が室内に響く。すると気絶していた青年が目を開く。次の瞬間、ぎょっとした表情で「早くここから逃げて」と大声で叫ぶ。一体ここで何が起きているのか。手足を縛られのたうち回る彼を見ながら、俺はその場から逃げようと後ろを向く。すると鉄の扉が大きな音を立て閉まる。俺はドアノブに手をかけ回すがビクともしない。部屋に閉じ込められた。

俺はあきらめ振り向くと部屋の様子が一変している。部屋は夜のとばりが降りたように真っ暗闇になっていた。

「裏の世界に引き込まれたわね」

暗闇の中、彼女の声が響く。裏の世界は空気が重く、身体を押さえ付けられているようで立っているのがやっとだ。臭いも何かが腐ったような饐《す》えた臭いが広がっている。何より禍々《まがまが》しい妖気が肌を刺し、生きた心地がしない。闇の奥からスルスルと滑りながら近づく不気味な音がする。時折「シュルシュル」と気持ちわるい音がする。

あたりは真っ暗闇で何が起きているのか分からない。しかし、何者かがただならぬ妖気を発し俺たちに近づいているのは分かる。俺の身体は強張り、固く結んだ拳の中は汗でグッチョリ濡れている。

暗闇の中、彼女の服が擦れる音がした。すると赤々と燃える火の玉が現れあたりを一気に昼間の明るさにする。火の玉は彼女の指先から離れ、ゆっくり上り始めた。まるで小さな太陽が現れたようだ。その炎からは温かで穏やかな光が注ぎ、怯える俺を勇気づける。

明るくなると俺たちの目の前に黒い塊が見える。その塊は細長い身体をくねらせこちらに向かってくる。

「黒蛇だ」

それも今まで見たことない巨大な蛇だ。胴の太さはマンホールの蓋より大きく、長さは十メートルをゆうに超えている。長崎くんちの龍踊りに登場する龍のように長い。

黒蛇は頭を持ち上げ長い身体を上手に使いスルスルと近づいている。奴の赤いマナコはすでに俺たちを獲物として捕らえ、片時も離さない。時折口元からは赤く長い舌をペロペロ出している。奴は目と鼻の先まで近づき止まる。

「あの方の復活を目の前にして、よくも邪魔をしてくれたな。あとはあの赤子の命を奪えば封印は解けていたのに。しかもお前らは呪いの塔を二つも破壊した。代わりにお前たち二人を生贄にし、再び赤子の命を奪い封印を解くことにする」

奴は目を怒らせ言い放つ。しかし俺たちが壊した塔は実家にあったひとつだけだ。んー、待てよ……。そう言えば事故現場から戻る際、彼女はしばらく塔の前で立ちすくんでいた。あの時彼女は塔を壊していたのか。

頭上で赤く光る大きな目玉。改めて近くで見るとその大きさに圧倒される。身体の表面を覆う鱗は大人の拳ほどの大きさで、炎に照らされギラギラと黒光りしている。それにしても闇の者たちは黒好きである。ゴキブリ、ハリネズミ、大蛇。すべて真っ黒い身体をしている。しばらくビスケットのオレオは喉を通らない。

馬鹿なことを考えていると少し気持ちが落ち着いてきた。俺にできることは何もない。きっとここで死ぬのだろう。死を覚悟するとかえって肝が据わり、さらに落ち着きが増す。すると周りの様子も見えてくる。

彼女の表情は少し強張ってはいるものの、黒蛇に対し闘志むき出しで勇ましい。

するの彼女は「パン」と響かせ手を合わせると口中で短い呪文を唱える。つぎの瞬間、俺たちの周りに結界が張られた。大蛇はその様子を赤い舌を出したり引っ込めたりしながら見下ろしている。その時胎蔵界様の声が聞こえてきた。

「ハル、その程度の結界ではすぐに破られるわよ。福を応援に呼びなさい」

「はい。お母さま」

彼女はそう答えると、すぐさま福先生を呼ぶ呪文を唱える。しかし彼女の様子が変だ。

「福を呼べない」

裏の世界の結界が強く、福が中に入れないようだ。

すると大蛇が頭から結界に突っ込んできた。地鳴りするほどの衝撃と轟音がこだまする。一撃目で結界に亀裂が入る。

奴は大きな頭を再び高く持ち上げ結界めがけ再び頭突きしてきた。結界からメキメキとヒビが入る音がしてきた。すでに無数の裂けめが入っている。しかしまだかろうじて持ちこたえている。だが次の一撃で結界は粉々に崩れるだろう。

俺は茫然とその様子を見ている。棒立ちの俺の額からは大量の汗が流れ、背中はぞくぞくするほど寒い。

すると彼女は、光る指先で銀色に輝く剣と弓矢を描き出す。彼女は弓矢を隣で呆けている俺の胸に押し付けてきた。俺の手には弓矢がしっかり握りしめられる。これで黒蛇を射抜けと言うのか。しかし生まれてこの方、弓道などしたことがない。手渡された弓矢を眺めていると、幣立神宮御主の少し苛立った声が聞こえてきた。

「弓を左手で持ち右手で矢を弦にかけろ」

俺は御主の聲の通り左手で弓を持ち、矢を弦にかける。

「両手を頭の上まで上げ、左腕を突っ張り、右手で弦を力いっぱい引くのじゃ」

御主の聲を口の中でつぶやき、両手を頭の上に持ち上げ、左手を突っ張り右手で弓を力任せに引く。しかし弓の張りが強く弓が左右にぶれる。やはりテレビで見る時代劇のようにはいかない。俺は両足をすこし開き地面を踏みしめ、再び矢を力ませに引く。不格好ながらも今度はどうにか矢を胸元まで引けた。

「放て」

御主の大声に驚き、俺は手につかんだ矢を離す。矢はピューという音を立て大蛇めがけ一直線に飛んで行く。

しかし矢はすぐに失速し、山なりに落ち始める。目と鼻の先にいる奴の所までも届かない。その場しのぎの真似事ではやはり歯が立たない。

諦めかけたその時、矢が角度を変え大蛇めがけ猛スピードで飛び始める。バンという鈍い音と共に、矢は大蛇の首元に刺さる。刺さった矢は、まるで生きているかのようにひとりでに首にめり込み、羽根の付いた所まで来ると止まる。

「早く次の矢を放たんか」

茫然と見つめる俺に、御主が催促する。急いで次の矢を手に取り放つ。

放たれた矢は前回同様失速するが、自動操縦されたように奴の首元に刺さる。

俺が時間稼ぎをしている間、彼女は新たな結界を作った。

大蛇は再び俺たちめがけ頭突きする。俺は矢継ぎ早に矢を放つが、奴はまったく気にすることなく結界に突進する。

闇の世界では雷が落ちたような凄まじい音が響き、頭突きのたびに地面が大きく揺れる。奴も結界を破ろうと必死のようだ。

五本の矢を放つと、大蛇の首のまわりには羽根の部分だけが残った矢が見える。その様子は、むかし一世を風靡したウーパールーパーのようで間抜けだ。

彼女は一瞬その矢に目を向けると呪文を唱えた。

すると羽根の部分が突然光る。次の瞬間、矢が一斉に音を立て爆発した。打ち上げ花火が目の前で破裂したような凄まじい音に俺は尻もちをつく。

あたりは白い煙に覆われ、大蛇の首の肉が飛び散っている。奴はその場に倒れ、瞳孔が開く。死んだのか。そう思ったとたん、飛び散っていた肉が首元に吸い寄せられる。どこかの漫画で見た光景が現実に起きる。

元通りに戻った大蛇は、怒りでマナコを見開く。奴は再び身体を持ち上げ、今度は今までよりさらに頭を高く持ち上げ、結界めがけ体当たりしてきた。

彼女が新たに作った結界も奴の攻撃に耐えられそうもない。不安な思いで彼女に目を向けると顔が青白くかなり疲れている。どうやら体力の限界に近づいているようだ。

状況はかなり悪い。少しでも時間を稼がなければ。俺はもう一度矢を取り迫りくる大蛇めがけ力任せに放つ。矢は音を立て飛ぶ。

奴の頭が結界に迫るその時、矢が偶然奴の左目に命中する。しかし奴は何のためらいもなく結界に突っ込む。雷が落ちたように凄まじい音があたりに響く。とたん、結界はメキメキと音を立て崩れ始めた。奴は最後の仕上げに長い尻尾を振りかざし崩れかけた結界をさらに攻撃してきた。ガラスの割れるような音と共に結界は粉々に砕け散る。

隣で彼女が力尽き、その場にひざまずく。彼女は肩で息をしている。今日三度目の戦いで力を使い果たしたのだろう。俺や斎藤さん一家を守りながらの戦いで体力を消耗したのだろう。俺はまだ何もしていない。体力も十分残っている。俺が先に諦める訳にはいかない。

俺は素早く次の矢を手に取り、奴めがけ射る。矢が手から離れた瞬間、俺の身体に衝撃が走る。一体何が起きたのか。次の瞬間、俺の身体は宙を舞っていた。奴の長い尻尾が当たり吹き飛ばされたのだ。このまま死ぬのか。宙を舞う身体は地面に吸い寄せられる。

地面に叩きつけられると、つかの間記憶が途絶える。どれくらい時間が過ぎたのだろうか。目が覚め身体を動かすと身体のあちこちが痛い。やっとの思いで立ち上がり、彼女のいた場所を見る。するとそこには誰もいない。そのまま禍々しい妖気を放つ大蛇に目を向ける。すると尻尾でグルグル巻きにされ頭だけが出ている彼女を見つけた。奴はとぐろを巻いた尻尾を自分の目の前まで持ち上げると、彼女に話しかける。

「お前をまだ殺す訳にはいかない。しばらく私の毒で眠ってもらう」

尻尾できつく締められるのか、時折彼女のうめき声が聞こえる。

何とかしなくては。俺は先ほどまで使っていいた弓矢を探す。しかし矢が数本散らばっているだけで弓は見当たらない。その時御主の声が聞こえてきた。

「あの剣を使いハルを助けるのじゃ」

先ほどまで彼女が使っていた銀色の剣が奴の近くに落ちている。大蛇は彼女に気を取られ俺が立ち上がったことに気付いていない。奴に気付かれずに剣までたどり着けるのか。

俺は剣まで一気に走る。ちょうど奴の左目には、俺が放った矢が刺さり、こちらは見えていない。俺はどうにか剣までたどり着く。

片手で一気に剣を掴み持ち上げる。しかし剣は重たく、バランスを崩した。彼女はこんな重たい剣を使っていたのか。すると再び御主の聲が聞こえる。

「とぐろを巻く尻尾を切り落とせ」

俺は両手で剣を持ち、一気に頭の上まで持ち上げるとそのまま尻尾めがけ振り下ろす。

剣の切れ味は鋭く、大蛇の尻尾はいとも簡単に切り落とされた。彼女が尻尾に巻かれたまま地面に落ちる。すると突然年配の女性が現れ彼女を尻尾から引きずり出す。するとハルさんが尻尾から姿を現し地面を這うように出てきた。どうにか助かったようだ。

大蛇はやっと俺に気付く。奴は赤々と燃えるような右目で俺を睨みつける。口元からは赤く長い舌を出したり引っ込めたりし、怒りに満ちた表情だ。

俺はその迫力に圧倒され後ずさりする。奴の赤いマナコが動いたその時、俺めがけ関取のような大きな頭を突進させてきた。

俺はとっさに持っていた剣を迫りくる奴に向け目を固くつぶる。恐怖から剣を握る手と足が小刻みに震え出す。もう終わりだ。俺の人生もここまでか、と観念する。

その時、剣に大きな衝撃が走る。俺は必死で剣を握りしめ両足に力を入れる。奴の荒い鼻息が俺の頭を撫でる。大蛇の力は凄まじく、俺の身体は氷の上を滑るように後ずさりしていく。このまま進めば結界の壁に激突し押しつぶされる。これまでか……。

すると俺の手の上から別の人の手が触れ、一緒に剣を支える。とたん、後ずさりするスピードが落ちる。ハルさんが一緒に支えてくれているのか。そう思ったが、大蛇の頭が目の前にあると思うと怖くて目を開けられない。

生暖かい大蛇の鼻息が再び俺の頭に降りそそぎ血の気が引く。

いきなり、後ずさりしていた身体が急に止まった。どうやら一緒に支えてくれているハルさんのおかげで、大蛇との力が互角になったようだ。

俺は怖々薄目を開ける。すると一緒に支えている人の姿が見えない。「えっ……」俺が目線を下げるとそこには光り輝く頭が見える。どうやら老人のようだ。「いったい誰……」

見知らぬ老人の登場に、俺は驚きのあまり支えていた剣の力が緩む。すると再び大蛇の力が勝り、後ずさりし始める。慌てて剣を握る手に力を入れ両足で地面を踏みしめる。

老人が誰であろうと、俺を助けてくれていることに変わりはない。それにしても背が低く小柄なわりに力が強い老人だ。その老人は俺の視線を感じたのか、剣を支えたまま顔をこちらに向けた。

スイカの種のような小さい目。その目はたれ下がり見るからに好好爺である。小さな目とは対照的に口が大きく、きっと食いしん坊なのだろう。そんなことを考えていると老人に「もっとしっかり支えんか」と叱られた。

その声はまさしく幣立神宮御主の声だ。彼女の家で最初に見た時と雰囲気が違う。あの時の方がまだ貫禄があり神々しく見えた。

助っ人の登場で俺は少し落ち着きを取り戻す。再び両足でおもいっきり地面を踏みしめ剣を支える。目の前では、奴の赤い目が俺を睨みつけている。力比べは互角で、その場をピクリとも動かなくなった。

勝負の行方は分からない。その時、御主が何やら呪文を唱え始めた。

すると鼻先に刺さった剣から稲妻が大蛇の身体を走り抜ける。一体何が起きたのか。稲妻は次から次に剣から放たれる。

奴は身体をのけぞり、のたうちまわる。稲妻が身体を縦横無尽に駆け抜け、痺れているようだ。

剣から放たれる光に驚き俺は手を放す。今は御主一人で剣を支え稲妻を放ち続けている。御主の登場で戦況はこちらが優勢だ。

ほっと胸をなでおろし彼女が倒れている場所へ目を向ける。すると先ほど現れた年配の女性がハルさんを抱きかかえ介抱していた。どうやら胎蔵界様のようだ。優しく抱きかかえる胎蔵界様の聲が聞こえる。

「ハル、しっかりしなさい。今、御主が大蛇と闘っているわ。もう一人の役立たずもどうにか生きているわよ」

胎蔵界様は、相変わらず毒舌を遺憾なく発揮している。それにしても役立たずとは少し言い過ぎではないか。俺なりに彼女の力になりたいと頑張っているつもりだ。すると再び胎蔵界様の話声が聞こえてきた。

「子供の使いくらいにはなっているわ」

結局、役に立っていないのでは。

「ハル。あの剣を爆破させなさい」

彼女は胎蔵界様に支えられ両手で印をむすぶと真言を唱え始めた。

「オン　アボキャ　ベイロシャノウ　マカボダラ　マニ　ハンドマ　ジンバラ　ハラハリタヤ　ウン」

俺は何を言っているのかさっぱり分からない。すると御主が説明してくれた。

「大日如来よ。偉大なる印を有する御方よ。宝珠よ、蓮華よ、光偉大なる印を有する御方よ。光明を放ち給え。そう言っておるのじゃ」

要するに胎蔵界様に力を貸してくださいと言っているのだろう。御主の説明では余計に分からない。

彼女が呪文を唱え終わると、大蛇に刺さっている剣が光りはじめる。剣はすでに御主の手から離れ稲妻は流れ続ける。次の瞬間、柄が真っ赤に染まり、大きな音をたて爆発した。思った以上の爆風に、俺はまたもや尻もちをつく。あたりには白い煙が充満し大蛇の姿が見えない。しかし、今まで感じていた禍々しい妖気は消えた。

しだいに白い煙がおさまりあたりの様子が見え始める。

目の前には頭が粉々に砕け、黒く太い胴だけが残っていた。飛び散った肉をよく見ると、その破片までも真っ黒だ。まるであたりは黒の碁石を散らしたようになっている。闇の者たちは本当に黒好きだ。

「終わった……どうにか生きている……」

俺は尻もちをついたまま大きく息を吐く。安心すると今度は全身の力が抜け、その場に倒れ込む。

勝った……勝ったのだ。隣で幣立神宮御主が小躍りしている。スイカの種のような目が、今はさらに小さくなりゴマのようになっている。

元気な老人の神様だ。老人と言っても歳は一万五千歳だ。すでに老人と呼べるレベルではない。老人の次はなんて呼ぶのだろう。翁、白骨体、仙人、神。やはり神なのだろう。俺の頭の中ではどうでも良いことが堂々巡りする。

彼女に目を向けると胎蔵界様に支えられ地面に座っている。胎蔵界様もあの毒舌がなければ良い人なのだが。あっ、人ではなかった神様だった。人の姿をしているので、つい神様だということを忘れてしまう。力を出し切った彼女を支える胎蔵界様の姿からは、慈しみがにじみ出ている。本当の姿はやはり慈愛に満ちた神様なのだろう。

俺たちを閉じ込めていた裏の世界の壁が少しずつ崩れ始める。日の光が徐々に俺たちのもとに差し込んできた。暖かい光だ。太陽の日差しがこれほど愛おしく思ったことは初めてだ。

裏の結界が完全に崩れると、胎蔵界様と幣立神宮御主の姿も消えていった。俺たちはマンションの部屋の中で座り込んでいた。

気が付けば目の前の青年が再び気を失い倒れている。俺は壁に手を突きやっとの思いで立ち上がる。ハルさんのそばまで行くと「大丈夫ですか。立てますか」と声を掛けた。彼女は頷きながら俺が出した手を取り立ち上がる。

顔は蒼白、かなり疲れているようだ。俺は彼女を支えリビングに向かう。彼女をリビングの椅子に座らせた。次に倒れている青年の身体をゆすり声を掛けた。

「大丈夫ですか。俺の声が聞こえますすか」

すると彼の指先がかすかに動く。ゆっくり目を開くと俺を見るなり急に取り乱す。

「この部屋には化け物の大蛇がいます。早く逃げてください。奴は不思議な力を使い襲ってきます」

俺はうろたえる彼をなだめ、大蛇はすでに退治したと話す。すると彼は座ったまま突然堰を切ったように泣き始めた。俺は疲れ果ててその場に座り込む。しばらくするとリビングから彼女の声が聞こえてきた。

「自分で引き寄せた悪魔にもう少しで呑み込まれるところでしたね。もう大丈夫ですよ」

彼女の話を聞き、彼はさらにぽろぽろと大粒の涙を流しはじめる。静まり返った部屋で彼の泣き声だけがこだまする。

しばらく泣き続けた彼は少し落ち着いたのか、部屋に静寂が戻ってきた。リビングでは青白い顔をしたハルさんがこちらの様子を窺っている。

「少し落ち着きましたか。この事件に巻き込まれ、今なお因縁が憑いている赤ちゃんがいます。その子の因縁を祓うため、あなたがこれまで大蛇と行ってきたことを話してもらえませんか」

彼女は小さい子供に話しかけるかのように優しく彼に話す。

「因縁の憑いた子供のことは知っています。その子に因縁を憑けたのも私です。正確に言うとあの大蛇が私の身体を乗っ取り子供に因縁を憑けました」

青年はゆっくりとした口調で話す。

「そうでしたか。今、その子と家族が近くにいます。一緒に話を聞いてもよろしいですか」

彼はゆっくり頷いた。彼女は俺に斎藤さんを呼んでくるよう伝えた。俺は立ち上がると身体のあちこちが痛い。残りの力を振り絞り、斎藤さんを呼びに車に向かう。

階段を下り始めると、膝が笑いカクカクとロボットのような歩き方になる。大蛇との戦いで、地面を踏ん張りすぎて筋肉痛になっているのだろう。しかし実際あの大蛇を支えていたのは御主だった。きっと俺は何の役にも立っていないのだろう。そう考えると余計に身体に力が入らない。

どうにか駐車場までたどり着くとパグに事情を話し、彼の部屋に向かう。

部屋の中は綺麗に片付いている。片付いているというより、この部屋には極端に物が少ない。テレビもなければオーディオやタンスなども見当たらない。目に留まるのは冷蔵庫と電子レンジ、食器棚にはコップがまばらに置いてあるだけだ。かろうじてリビングにテーブルと椅子が四つある。

リビングの椅子には青年とハルさん、その正面に斎藤さん一家が座る。俺はテーブルの近くでフローリングの床に直接腰を下ろすことにした。座る際、膝がカクンと曲がり床に勢いよく尻もちをつく。おかげで全員の目が俺に集まった。俺は頭を掻きながら苦笑いする。

全員がリビングに揃うとハルさんが青年に家族を紹介する。青年は立ち上がると深々とお辞儀をすると話し始めた。

「青山健司《あおやまけんじ》と申します。この度は大変ご迷惑おかけし申し訳ございません」

彼の名前を聞きパグは「あっ」と言う声を漏らす。まるでお化けにでも出くわしたかのように目を皿のように丸くしている。

「もしかして青山さんは十五年前に強姦の裁判の相手の子供さんですか」

「そうです。あの時裁判で負けたのは私の母です。あの事件が私たちの人生を大きく変えることになりました。当時、私は七歳でした」

するとと彼は昔を思い起こし話し始めた。

「事件当日私は、母が遅くなるので夕飯を済ませ寝ていました。夜中、玄関が開く音が聞こえ私は目を覚ましました。母が帰ってきたと思いました。しかしその時、玄関から知らない男性の声が聞こえ私はベッドから起き上がりました。廊下を歩く足音が不規則で、母と一緒に男の人も部屋に入ってきました」

彼の瞳の中には恐怖の色が見える。

「その後、母の寝室の扉が開く音がしました。私は怖くなり目をつぶり布団の中に潜り込みました。布団の中で震えていると急にトイレに行きたくなり、どうしても我慢でできず私は息を殺しトイレに向かいました。トイレには母の寝室の前を通らなければ行けません」

見知らぬ男性が部屋に上がり込み、恐ろしくなりトイレに行きたくなったのだろう。

「母の寝室の前を通る際、ドアが少し開いており隙間から男の人が母に馬乗りになっている姿が見えました。部屋の中は豆電球が点いており、何をしているのかは分かりません。私は母が殺されると思い、急に怖くなりそのまま自分の部屋に戻ると再び布団をかぶり震えていました」

パグの表情が曇り始めた。この事件は彼が入所二年目に担当した事件だった。その時の記録と、今の話にどこか食い違っているのだろうか。パグは青年の話を食い入るように聞いている。

「どれくらい時間が過ぎたのでしょうか、再び玄関が開く音が聞こえ私は男の人が出て行ったのだと思いました。私は布団から飛び起き母の寝室に向かいました。すると母はベッドで寝息をたて寝ています。その様子を見てほっとしました。しかし母をよく見ると洋服がはだけ胸が見えています。その時は恐怖から解放され何も考えず、ベッドから落ちていた掛布団を母に掛けると、我慢していたトイレに急ぎ向かいました」

当時小学生だった彼は、見ず知らずの男性が突然家に現れ、その不安と恐怖はただならぬものだっただろう。彼にとって母親以外に頼る人はいない。

「その後、母は裁判を起こし母に何が起きたのか知ることになります。しかし小さかった私にはその裁判の内容がよく分かりませんでした」

　確かに七歳の子供に準強制性交等罪のことを説明しても理解できないだろう。

「裁判が新聞などで取り上げられ、母は会社や住んでいる所で白い目で見られるようになりました。裁判で負けしばらくすると母は勤めていた会社も辞めてしまいます」

　パグは重苦しい表情で話し始めた。

「強制性交等罪の裁判では、目撃者などの第三者がいないため、当事者二人の話と現場の状況のみが裁判の判断基準になります。また当時、女性に不利な判決が多かったのです。現在、スマホなどで現場の写真を残すことができ、適切な裁判が行えるようになっています。あの裁判では、現場検証での証拠があまりにも少なく、七歳だったあなたの証言も曖昧だったため証拠としては認められませんでした」

　パグのやり切れない思いが表情に表れている。その時ハルさんが青年に問いかけた。

「その時に闇の者と何か契約を結びませんでしたか」

　彼は痛みに耐えるような表情で話し始めた。

「おっしゃる通りです。裁判に敗れると、私たちの生活は一変して学校でも仲の良かった友達が急に私の周りから離れていきました。突然、みんなの心が手のひらを返したように変わり何が起きているのか分かりませんでした。追い詰められた私は闇の者と契約を交わしました」

周りの親が子供に裁判のことを話したのだろう。その際、子供にどう伝えたのかは分からない。しかし今後彼と遊ばないように言ったのだろう。初め数人の子供が彼を仲間外れにし、それが伝染していったのだろう。子供は無邪気な分、時に残酷な行動をとる。

「学校から帰り家で一人寂しく過ごしていると一匹の黒蛇が現れました。私は驚き急いでその場を離れようとすると蛇は私に話しかけてきたのです。『なぜお前がこんな目に遭わないといけないのじゃ。理不尽じゃのう。一人で寂しいじゃろう。ワシが仲間外れにした者たちに罰を与えてやろうか』そう言うのです。その聲は私の心に直接話しかけます。私は怖くなり家からすぐに逃げ出しました。しかしその後も蛇は私の前に現れ、一人で過ごす私はいつしか彼の聲に耳を傾けるようになりました」

ハルさんの目は深い悲しみに満ちている。部屋に漂う空気も重い。

「私は何も悪いことなどしていない。悪いのはあいつらだ。気が付くと私は彼の話に染まっていました。私は彼との契約を結びました。彼は私を仲間外れにした友人たちに復讐を行い、私はその代わり心と身体を彼に貸すことになりました。それからしばらくすると、私を仲間外れにした友達が次々と怪我や病気をして学校を休むことになりました。思い描いた復讐が現実のものとなり私は怖くなりました」

実際、仕返しを考えたことが現実に起きれば恐ろしいだろう。それにしても闇の者は、心の弱った者につけ込むすべを知っている。

「その代償として、彼は寝ている私の部屋に現れ身体に入り込みました。すると部屋が急に草原に変わります。彼は私の身体を使いその草原に青白い塔を建てました。建てられた塔は急に赤く光り出し、私の身体も燃えるように熱くなりました」

おそらく最初に建てた闇の塔だろう。それにしても奴はなぜ彼を選んだのだろう。

「その後、気がつくと私は部屋で寝ていました。私は夢を見ていたのだろうと思い再び眠りに就こうとすると部屋の中で何か燃えたような臭いがしました。辺りを見渡してもそれらしいものは見当たらずそのまま寝ていました。それからしばらくして引っ越すことになりました。しかし引っ越した先の学校でも裁判のことを知る人がいて、再び学校でいじめられることになります」

彼は負の循環から抜けだすことができなかったのだろう。ハルさんは「他にも闇の塔を建てませんでしたか」と訊くと彼は「全部で四つの塔を建てました」と答えた。

「二つ目の塔は中学二年生の時です。いじめは中学に入ってからも続き、小学校の時より陰湿になり私は精神的に追い詰められていました。ある日の下校途中、私をいじめていた三人が前を歩いていました。私は彼らに気付かれないよう、後ろをゆっくり歩きました。するとその三人は同じクラスでいじめられていた男の子を取り囲みカツアゲを始めます。その子は彼らにお金を渡すとその場を逃げるように走り去りました。

私はその様子を見て、怒りを抑えられなくなります」

今のいじめはより陰湿で相手を追い込むようないじめが多いように思う。SNSでのいじめや恐喝など、いじめられる側にすると拷問に等しい。私は眉をひそめ話の続きを聞く。

「その時どこからか黒蛇の聲が聞こえました。『あんな奴、死んでしまえばいいのにのう。ワシが殺してやろうか』私は怒りに任せ彼の言葉に頷き三人を殺せとつぶやきました」

二件目の交通事故で運転手が「三人を殺せ」と言う声がしたと言っていた。彼の声がテレパシーでドライバーの心に直接伝わったのだ。それにしても闇の者は青山さんの怒りを上手く利用する。闇の者はこの場所で生徒が恐喝することを知っていたのだろうか。あまりにも話ができすぎているように思った。

「私がつぶやくと直後に一台の車が歩道を乗り上げ三人に突っ込んで行きました。車は三人を撥ね飛ばし店舗の壁に激突し止まりました。飛ばされた三人は地面に叩きつけられそのまま動きません」

これで二件目の事件が繋がった。青年の話をここにいる全員が固唾を呑んで聞いている。特にパグは事件の真相を知り顔が真っ青になっている。

「私は怖くなりその場を立ち去ろうとしました。その時、黒蛇が突然私の身体に乗り移りました。彼は私の身体を使い、再び塔を建てたのです。塔を建て終わるとすぐに私から離れました。その時の黒蛇の姿は前回見た時より身体が二回りほど大きくなっていました。身体の自由が戻ると私は急いでその場から逃げました。結局私をいじめていた者たちは全治一か月ほどの怪我を負い、死ぬことはありませんでした。その時私は失望とどこか心の中でほっとした気持ちが複雑に混ざり合っていました。怪我から回復すると彼らは、再びいじめを始めます」

二件目の事件の真相が分かった。残るは新宿の暴行事件と父親の家にあった塔だ。隣に座るハルさんが気の毒そうな表情を浮かべ彼を見つめる。

「いろんな不幸が重なり辛い人生を歩まれてきたのですね。その後、三件目の塔はどこに建てたのですか」

彼女の問いに彼はうつむいたまま話を続けた。

「次に建てたのは新宿です」

やはり二年前に起きた新宿のバーの傷害事件の事だろう。

「高校を卒業すると同時に私は一人暮らしを始め、新宿にあるバーで勤めることになりました。ある大学生が店の中で喧嘩を始めそれをきっかけに塔を建てることになります。その学生は店の常連で、彼女や友達とよく店を訪れていました」

新宿の加害者は常連客だったのか。

「ある日その学生が友人を連れ、この店を訪れました。その友人の顔を見て私は驚きました。その友人とは中学時代私をいじめ車に轢かれたひとりでした。私は彼に気付かれないよう奥で仕事をしていました。しかし追加の飲み物をテーブルに運ぶ際、彼は私のことに気付きました。彼の目の奥には嫌な光が宿り私はグラスを置くと急いでその場を離れました。その後二人は私の昔話で盛り上がっていました」

ハルさんが何故か青山さんの後ろを気にしている。俺は眼鏡を掛けのぞき込むが何も見えない。一体何があるのだろう。

「彼らが店を出る頃にはお酒も回りかなり酔っていました。同級生はすれ違いざま私に虫けらと罵り、もう一人は私を蔑んだ目で見ます。私の顔は凍りつき、握っていたピックで後ろから突き刺したいそんな衝動にかられました」

相変わらず性格の悪い同級生である。恐らく死ぬまで変わらないのだろう。そのうち罰が当たるに違いない。

「三日後、常連の彼は一人で店を訪れました。その日は付き合っていた彼女に振られひどく落ち込んでいました。私は前回帰り際に見せたあの蔑んだ目を思い出し、彼の話をまともに聞く気にはなれません。彼はそんな私の態度が気に食わなかったのか、先日同級生から聞いたいじめの話を面白おかしく私に話してきました。私は嫌な思い出が蘇ります。昔の話を聞いていると、だんだん怒りが込み上げつい心の中で別れた彼女の悪口を言いました。すると彼は急に席を立ち上がり、周りを見渡すのです。もしかして私の心の聲が彼に伝わったのか。すると彼は席を立ち隣の客を見ると『今、お前が言ったのか』と叫び殴り掛かりました」

新宿の事件の真相が分かった。意外な展開にパグは戸惑い、落ちつかないのか足元は貧乏ゆすりをしている。

「その後は警察が訪れ、騒ぎを起こした彼はそのまま警察に連行されました。仕事を終え、片づけをしていると店の中で青白く光る塔が建っています。私は塔を建てた覚えはありません」

黒蛇が知らぬ間に青山さんの身体を借り闇の塔を建てたのだろう。

「家に帰ると意外な者が待っていました。あの蛇です。蛇の身体は一段と大きくなり私の部屋に収まらないほどの大きさになっていました。『今日は愉快だったな』と話しかけてきました。私はその話を無視しました。部屋に入るといつの間にか窓の外に赤い塔が建っています。私はいくつも建てる塔を不審に思い彼に訊いてみました。すると彼は少し考えるそぶりをし、こう答えました。『封印を解きあの方を復活させるためだ』。あの方とは誰のことなのか、そう問いかけるとお前が知る必要はないと怒鳴ります。ただ、彼は最後にもう一つ塔を建ててもらうと言います。私が断ると彼は不気味な笑い声を残し私の部屋から消えて行きました」

これで四つの塔の謎が分かった。パズルのピースは徐々に組み上がり闇の者たちの計画も見えてきた。

残り一つは、おそらく父親の家の塔のことだろう。

「翌朝目が覚めると、私の部屋に再び彼がやってきました。私は彼の話に耳を貸さず、身支度を済ませ出かける準備をします。すると彼は私の身体に突然入り、身体の自由を奪いました。私は意識があるものの身体の自由は利きません。私は奴に操られるまま電車に乗り、知らない公園へ連れていかれました」

黒蛇は最後の塔を建てるため強硬手段に出たのだろう。

「小さな児童公園では親子連れが砂場や滑り台で遊んでいました。すると一人の老人がベンチで座っています。私の身体は勝手にその老人の隣に座りました。しばらく私たちは公園で遊ぶ親子連れを眺めていました」

斎藤さんの父親の登場である。先ほど父親が話していた青年の話と一致している。

「私は身体と心の自由を奪われ、黒蛇が代わりに老人と話します。一人で生きて意味があるのか、とそう諭すように彼と話をしていました。同時に心の奥で黒蛇の呪文が聞こえてきました。するとその老人の様子が何かを思いつめたような表情に変わります。私は奴が老人の心の隙間に入り込み術を掛けたのだと思いました。その後老人はうつろな目で公園を去って行きました。しばらくすると黒蛇は私の身体から抜け、身体の自由が利くようになりました。去り際、彼のせせら笑う声が聞こえ、私は背中に悪寒が走りました」

　恐らく黒蛇は父親を操り自殺に追い込んだのだろう。悪魔のささやきに人の心はいとも簡単に染まるのか。

「身体の自由が戻ったものの身体が重くすぐに立ち上がれません。しばらく公園で休みました。仕事の時間が迫り駅に向かう途中、ある一軒の庭から青白く光るあの塔が視えます。頭によぎったのは先ほどの老人です。私は家の様子を窺いますが、物音はおろか人の気配もしません。その時嫌な物が心の中に流れ込んできました。それはどす黒いドロドロとしたもので恐らく黒蛇のものだと思いました」

　奴が父親を自殺に追い込んだ妖気がまだ家の中に残っていたのだろうか。おそらく父親はその時すでに亡くなっていたのだろう。これで五つの塔が揃った。彼の話を聞き終えたハルさんは斎藤さん夫婦を見ながら話し始めた。

「おそらく五つの塔は、結界で閉じ込められた魔物を復活させるため敷かれた逆五芒星という魔法陣です」

　彼女の話に合わせ俺は地図を取り出しテーブルの上に広げた。ハルさんは地図を見ながら話を続ける。

「逆五芒星とは五芒星の星形が上下逆さまになった形で通称デビルスターと呼ばれて

います。悪魔の力を持つとされるデビルスターで閉じ込められた結界を破るつもりだったのでしょう。その魔法陣の中心に斎藤さんの自宅があります。おそらく結界を破り魔物の復活のためには最後に有紀ちゃんの力が必要だったのでしょう。そのため有紀ちゃんに因縁を憑けたのだと思います」

パグは雷に打たれたように身体が固まっている。部屋の中ではしばらくの間、沈黙が支配する。我に返ったパグは彼女に問いかける。

「こんなに偶然が重なるのですか。私があの場所に家を買うことまで分かっていたかのように」

「いいえ。彼らは初めから作り上げられたストーリーに沿いあなたとお父様、そして青山さんを動かしたのです。初めから斎藤さんは彼らの住処に家を建てるよう仕組まれていたのです。その後、予定通り有紀ちゃんが生まれ因縁を憑けるのです。何もかも彼らの計画通りに物事が進んでいたのです」

闇の力も神様並みである。しかし俺の人生も自分で選択しているようで、実は不思議な力が働いているのかもしれない。意外な展開に映画のスクリーンを観ているようなそんな気分になる。

「塔を壊した今も有紀ちゃんの因縁は解けていません。このままでは一生因縁を抱え過ごすことになるかもしれません」

唯奈さんの表情に不安と戸惑いの色が現れる。隣でパグも眉間に皺を寄せ表情が硬くなっている。

「私はこれから魔物が閉じ込められている祠の結界を解き、その者を祓い有紀ちゃんの因縁の源を祓います」

今度は俺が慌てふためき口を挟んだ。

「待ってください。これほどの結界で封じ込めた魔物を、わざわざ解き放つ必要があるのですか。ハルさんには魔物を祓う秘策があるのですか」

「秘策などないわ。しかし魔物がこの世に生きているかぎり再び同じことが繰り返され、何の関係もない人々に不幸が訪れます。魔物は今、祓わなければいけないのです。有紀ちゃんを助けるすべはそれしか残っていません」

彼女の瞳には、どんな厄介事も全部受けて立つ、そんな固い決意が表れている。魔物を祓い負の遺産を消し去りたいのだろう。俺にこれ以上彼女を止めるすべはない。部屋の中は再び沈黙が支配する。すると青山さんが顔を上げ話し始めた。

「私の今までの人生は、怒りや憎しみの感情だけで生きてきたような気がします。それもこれも私の心が弱く闇の者の力に頼っていたからでしょう。これ以上、私のような人間を増やさないためにも必ず魔物を倒してください」

ハルさんは頷き「負の連鎖は私が必ず止めます」と力強く答える。部屋の中では三者三様の表情を浮かべる。斎藤さん夫婦は希望の光を見出したかのように微笑み、青山さんは何か吹っ切れたような清々しい顔だ。ハルさんは有紀ちゃんを見つめ、その目には固い決意の炎が宿っていた。

窓から吹き込む風が心地よく、部屋に差し込む日差しを和らげてくれる。有紀ちゃんが眠りから覚め見知らぬ場所にとまどい泣き始めた。俺は最後の戦いを前に、泣きじゃくる彼女を見つめ決意を新たにする。

四章

俺たちは最後の戦いに臨むため、彼の部屋を後にした。別れ際青山さんが、今後どんな困難に直面しても悪魔の聲に耳を傾けず、自力で立ち向かうと強く誓った。そんな彼にハルさんは優しく声を掛ける。

「悩み事や辛いことがあれば、一人で悩まず周りの人に相談してください。まずは相談できる相手をたくさん作ることが大事です。私たちはいつでも相談に乗るので遊びに来てください。人は一人では生きていけません」

彼女はそう伝えると彼に名刺を渡していた。彼は手渡された名刺をしばらく見つめる。次の瞬間、その表情は顎を撫でられた猫のような愛らしい笑顔に変わった。これが彼本来の姿なのだろう。その場にいた全員が彼の笑顔につられ頬が緩む。

青山さんの家を後にして車で斎藤さんの自宅に向け走り出した。次から次に起きる摩訶不思議な出来事に俺の身体は悲鳴を上げ、座席に座るとすぐに眠気が襲ってくる。車内から流れる心地よい音楽と共に、俺の頭が左右にメトロノームのように揺れる。俺はいつの間にか深い眠りにつく。

するとと夢の中で幣立神宮御主の声が聞こえてきた。

「さっきの戦いでは死にかけていたな。ワシが手を貸さなければ、とっくに死んでおったぞ」

当たり前だ。闇の者相手に俺にできることはない。それにしてもこの夢、御主の姿と聲がはっきりしており目の前で話しているようだ。俺は頭を掻きながら、御主に助太刀のお礼を言う。

「それにしても御主は見かけによらず力持ちっスね」

御主は俺の言葉に気を良くし、小さな目をより細めはちきれんばかりの笑顔を見せる。

「ワシはスサノオの尊と取る相撲では負けたことがないぞ。神界ではワシが一番力持ちだろうな」

彼が満足げに話していると今度は胎蔵界様が現れた。

「あら、一回も勝ったところを見たことなかったようだけど気のせいかしら」

すべてお見通しの胎蔵界様に彼は眉をひそめ高笑いする。俺が何も知らないと思って適当なことを言っているのだろう。

それにしても今日の夢は豪華なゲストが登場し、これが初夢なら縁起のいいこと間違いなしだ。まあ、話の内容は別として。

夢にもかかわらず、二人のやり取りが妙にはっきりしている。すると御主は俺が聞いてもいないのに、タポタポな頬を揺らし話しかけてきた。

「あの蛇、ヤマタノオロチに比べたら小さかったな。一ひねりで終わってしまったわ。須佐能男命が退治した大蛇は、山一個分を覆うほどの大きさだった。あれは大きかった」

御主は自分が退治した訳ではないオロチ退治を、なぜか自慢げに話す。考えてみれば先ほど御主は黒蛇に相当苦戦し、額からは大粒の汗が流れていた。イカヅチを使い窮地を脱したが、状況は圧倒的に不利だった。上機嫌で話す御主にそのことは伝えず、俺は夢の中で愛想笑いを浮かべる。それにしても山一個分の大蛇とはどんな姿をしていたのだろう。

「小僧。次の相手は手ごわいぞ」

「御主は魔物を知っているのですか」

俺の問いに胎蔵界様が横やりを入れる。

「九尾の狐でしょう。あの荒くれ者が再びこの地に現れるのね」

すると先を越された御主は苦笑いをしながら話を続ける。

「そうじゃ、九尾の狐じゃ。徳川家康によりまつりごとが江戸に移されると、それまで動物たちの天国だったこの地に人間が大勢やって来た。多くの動物たちは人間たちに殺され、残った者たちも別の地に移り棲まなければならなかった。そんな動物達の怨念が九尾の狐を生み出したのじゃ。奴が江戸の町に現れると瞬く間に街を焼き尽くし、逃げまどう人間どもを次から次へ喰らっていった。大火事で焼き出され亡くなった者のほとんどは九尾に魂を喰われ亡くなった者じゃ」

最後の相手は九尾の狐か。奴は、江戸を追われた動物たちの怨念が作り出したものなのか。当時、人間は多くの動物が暮らす江戸を奪い、我が物顔で暮らしていたのだろう。江戸を追われた動物たちは、その後見知らぬ土地でどんな生活を送ったのだろう。その怨念が作り出した九尾に、江戸の人たちはしっぺ返しをくらっていたのか。

そんな話を聞いていると、事の発端は人間が作り出したのかと寂しくなる。因果応報である。最後の戦いでその因果を断ち切らねばならない。

「そんな化け物相手に勝てるっすか」

「負けるだろう」

「……えっ。負けるの……」

「そうじゃ。実力では九尾が上じゃ」

夢の中とは言え御主の意外な答えに戸惑う。

「ハルは一パーセントでも勝てる望みがあれば勝負に臨む。彼女を馬鹿にした人間どものため命を懸けて戦うのじゃ。今九尾の封印を解かなくても、いずれ奴は力を取り戻し必ず復活する日が来る。そうなったら東京は火の海になり数千人、いや数万人の命が消えることになる」

　数万もの人が亡くなると聞き、俺は夢の中でも金魚のように口をパクパクさせる。次に戦う九尾とはそれほどの力を持っているのか。

　俺はきっとこの戦いで死ぬだろう。死を覚悟するのは今日何度目だろう。大蛇の時は御主に助けられどうにか命を繋いだ。しかし九尾との戦いは勝算が一パーセントだと御主がいっていた。ならば俺は確実に死ぬ。そう思うと夢の中でも全身の力が抜け、その場にへたり込む。その様子を見ていた胎蔵界様が微笑みながら話しかける。

「大丈夫よ。屍はちゃんと拾ってあげるから」

　彼女の毒舌も今は冗談に聞こえない。余計に落ち込む俺に御主の話が続く。

「勝負の行方は龍神次第だな。炎を自由に操る九尾の狐に対し、水を自在に操る龍神が手を貸してくれれば勝つことも可能なのだが。しかし龍神は気まぐれだからな。わしらが頼んでも聞く耳を持たん。しかしハルが頼んだらひょっとすると手を貸してくれるかもしれん」

　俺はそんな曖昧な話に命を懸けるのだろうか。せめて龍神様の力を借り、勝負を五分にしたい。ハルさんに頼んでもらおう。そう考えていたら、急に隣に彼女が現れた。やはりこれは夢だ。思ったことがすぐ現実になる。善は急げと俺は龍神様のことを彼女に伝える。

「九尾の狐退治には龍神様が欠かせないと御主から聞きました。ハルさん、力を貸してくれるよう頼んでください」

するると彼女は眉をひそめため息をついた。

「龍神様は気まぐれでどこにいるのか分からないの。頼みたくても頼めないのよ」

彼女の曇った表情に俺は戸惑う。どこに居るのか分からなければ頼みようがない。一か八か運を天に任せるしかない。俺の口からため息が漏れる。

「まだ分からないわよ。田辺君が水の結界を覚えれば九尾の動きを封じることができるわ。その間にテンと福が援護射撃してくれる。水の結界は簡単だから覚えなさい」

先ほどまで死神に取り憑かれ死の縁に立っていた俺に、一粒の希望の種が蒔かれた。種はすぐに芽を出し、ジャックと豆の木のごとく大木に成長する。俺の頭の中は単純である。

しかしこの夢、リアルすぎて寝ているのを忘れそうだ。一度頬をつねる。しかしまったく痛くない。やはり夢の中らしい。

「俺でもその水の結界が作れるっスか。どうすれば良いっスか」

俺は気が焦り早口で話すと彼女は頷き、さっそく印を教え始めた。

「まずは手の型ね。四つの印を結ぶの。右手を軽く握り親指が見えるように人差し指に乗せるの」

俺は彼女の手を見ながら右手を握り、胸まで上げると親指を上にする。ジャンケンのグーである。

「次に親指だけを人差し指と中指の間に入れるの。その時親指の先がほんの少し拳から見える程度にするの。親指を出しすぎるとゲスなポーズになるから気を付けて」

「こうですか」

俺は拳の中から親指を出す。彼女はその様子を見て、親指は上からほんの少し見える程度に出すのよ、と注意され慌てて親指を引っ込める。彼女は頷き次の印に進む。

「三つめは両手で水を掬うように親指以外の指先を合わせるの。掬った水は下から漏れ出るように開けておくの。親指は少し開いて人差し指に添えるの」

俺は彼女の手をまじまじと見る。両手の指先を合わせ、水を掬うような型である。印を組み彼女の顔色を窺う。大きく頷き問題はないようだ。

「最後は一番目と二番目の印を組み合わせるの。左手で一番目のグーを組み、その手の親指を右手の小指で包むようにして右手は二番目の型を作るの」

「こんな感じっスか」

するとと彼女はよくできましたとまるで子供をほめるかのように大袈裟に言う。褒められることに慣れない俺は、頬を緩ませ子供のように喜ぶ。そんな俺に彼女は「ぼく、もう一度最初からやってみようか」と言う。

俺は我に返りムッとする。しかし言われた通り四つの印を順番に組んでみる。なんともぎこちない手の動きに、彼女の表情が険しくなる。俺の背中に冷たいものが流れた。

彼女の顔色を窺い十回、二十回、五十回、百回とひたすら繰り返す。額からは汗が噴き出す。夢の中で、なんで汗まで出るのだろう。表情の険しい彼女はやはりスパルタだった。一体誰に似たのだろう。きっとママンと呼んでいる胎蔵界様だろう。

どれくらい時間が過ぎたのだろうか、ようやく滑らかに印を組めるようになった。彼女の表情も徐々に和らぎ、俺はほっと胸をなでおろす。

「次に真言を覚えてもらうわよ。印を組みながら真言を唱え結界を作るの」

真言。そう言えば前に聞いたことがある。確か「真実の言葉、秘密の言葉」という意味だった。

「これから唱える真言を覚えなさい。オン　アボキャ　ベイロシャノウ　マカボダラ　マニ　ハンドマ　ジンバラ　ハラバリタラ　ウン」

彼女の真言に俺はぽかんと口を開け、声が出ない。何を言っているのか、さっぱり分からない。勿論日本語ではない。たしかサンスクリット語だと言っていたな。まだ、英語やフランス語の方が親しみやすい。俺はこれだけ長い言葉を一言一句間違えずに言える気がしない。呆気に取られている俺に、彼女の冷たい視線が降り注ぐ。

「そこに紙とペンがあるから私の言葉をその紙に書き留めなさい」

彼女がそう話すと隣に紙とペンが現れた。さすが夢の中。どんな物もすぐ現れる。ドラえもんのポケットのようだ。彼女が真言をゆっくり唱え、俺はカタカナで書き留める。

意味不明のカタカナだらけの文字が並び、まるでアリが行進しているようだ。こんなのとても覚えられない。書いた文字をぼんやり眺めていると彼女がこの真言の意味を教えてくれた。

「この真言は光明真言と言って大日如来様へ願い事をする時に使うの。内容は大日如来様にお願い致します。私たちの進む道を無量の光で遍く照らし出し、どうか成就するようお導き下さいと言っているのよ」

「へぇ……しかし聞きなれない言葉が並び、願い事しているようには思えません。俺に覚えられますかね……」

俺は正直に話すと彼女は「ここは夢の中だから時間は無限にあるのよ」といった。そうだった。今は夢の中だ。

リアルすぎる夢の中で光明真言を覚える特訓が始まった。一日が過ぎ二日、四日、六日。彼女のスパルタ指導はどんどんエスカレートし、食事や寝ている時も俺の耳元で真言を唱えている。なんで夢の中でも寝るのか分からない。頭の中は光明真言のカタカナでいっぱいだ。ちょっと身体を動かしただけで鼻や耳など、穴が開いている所から文字がこぼれ落ちそうだ。

一週間があっという間に過ぎた。ようやくイントネーションや区切り方などすべてを覚え、今では寝言でも真言がスラスラ唱えられるようになった。

それにしても夢の中は便利な修行の場である。時折彼女がママン化し冷たい視線が胸に刺さるが、それでも彼女と一緒に過ごせる。「ん……」今何を考えていたのか。頭を左右に振る俺を彼女は不思議そうに見つめる。

「最後の仕上げね。今度は真言を唱えながら同時に手で印を組むの。その時、水の結界を想い浮かべながら唱えるのよ」

隣にいる彼女を見ると、自分の顔が赤くなっているのが分かる。俺は彼女に気付かれないよう視線を逸らす。

彼女はお手本とばかり印を組み真言を唱える。すると目の前に鮮やかな青色の結界が現れた。結界は水のカーテンを引いたように美しい。印を組んだ手を緩めたり締めたりすると、結界は大きくなったり小さくなったりと変幻自在に変わる。色鮮やかな結界を見ていると、彼女はそっけなく「やってみて」と言う。

俺は慌てて印を組みながら真言を唱える。同時に二つを行うと片方に気を取られ途中で間違える。あれほどスラスラ言っていた真言もどこかぎこちない。真言を唱えながら印を組む。さらに頭の中では水の結界を思い浮かべるなんて、本当にできるのだろうか。俺は出口の見えない不安に襲われる。

繰り返し練習してみるが上手くいかない。ふと椅子に座る彼女を見ると、これまでの疲れが出たのか頭が左右に揺れ舟をこいでいる。俺は彼女の横顔を見つめる。ゴキブリ、ハリネズミ、大蛇と次から次へと闇の者と闘い、相当疲れているに違いない。それに輪をかけ出来の悪い俺の特訓に付き合ってくれている。何とか水の結界を会得し彼女の手助けをしたい。俺は両手で頬を叩き気合いを入れる。小さく深呼吸し彼女を起こさないよう小声で練習を始める。

仕上げの練習もすでに四日が過ぎ、真言と手の動きは間違えることなくできるようになった。ただし二つのことに集中するあまり水の結界を頭に念じることができない。

結局、今まで一度も水の結界は現れない。彼女がもう一度手本を見せてくれた。結界は水色の格子状で、水のオブジェを見ているようだ。その大きさも変幻自在で、小さいものは買い物かご程度のものから、大きいものでは十階建てのマンションをすっぽり囲むものまで作れる。それに引き換え俺の周りには結界などまったく現れる気配がない。

時間だけが過ぎ焦りを感じ彼女にコツを聞いたが、自分の身体で覚えるしかないと言われた。俺は繰り返し練習を続ける。

数日後、突然三十センチほどの糸のように細い結界が現れた。その結界に彼女が触れると蜘蛛の糸のようにすぐ切れる。弱々しい結界だが初めて目の前に現れた。俺は少しコツをつかんだような気がする。印を組む時のスピードや真言を唱える時の聲の強弱。その力加減で結界ができたような気がした。この感覚を忘れないうちに、もう一度結界を組む。

今度は自分の背丈ほどの結界が現れる。太さも麻のロープほどの太さだ。二回連続で結界が現れ、その様子を見ていた彼女は自分のことのように喜んでいる。その姿は女子高生のように愛くるしい。つられて俺も大喜びし、その場で飛び回る。調子に乗った俺はさらに集中し、全身の力を両手に集めるような感覚で結界を作る。

現れた結界は一戸建ての家を覆うほどの大きさにまでなった。太さも電線ほどの大きさになりゴムのように伸び縮みし、少々の衝撃では切れそうにない。彼女は「すごい。すごい」と手を叩き喜んでいる。俺は褒められて伸びるタイプだと実感する。きっと単純なのだろう。

その後、繰り返し水の結界が現れ、今では大きさや格子の太さも自由に変えられるようになった。

夢の中ではすでに一か月が過ぎようとしていた。

「もういつでも結界が作れますよ」と彼女に話しかけたとたん、車が急ブレーキをかけ止まった。身体にシートベルトが喰い込み前のめりになる。つぎの瞬間、反動で再び身体は座席に打ち付けられた。何が起きたのかと運転席を見るとパグが「急に猫が飛び出してきたので」と謝る。まさか福先生じゃないだろうな。そう思いながら俺は夢から覚める。目を覚ますと隣の彼女がささやくように話しかける。

「よく頑張ったわね。本番もその調子でよろしく」

夢ではなかったのか。まわりを見渡すと斎藤さんの車の中だ。俺は水の印の型を手元で組んでみた。スムーズに印が組める。次に心の中で真言を唱えると、こちらも滑らかに唱えることができた。

やはり夢の中で彼女と修行をしていたのだ。しかし彼女は夢の中も自由自在に出入りできるとは恐ろしい能力だ。

彼女の横顔を見ると先ほどより疲れている。よく見ると、目の下にうっすらクマまでできている。長い間、俺の修行に付き合ったせいだろう。「ありがとうございます」俺はそう心の中でつぶやくと「どういたしまして」と直接心に言葉が返ってきた。必ず勝って有紀ちゃんの因縁を祓う、と心の中で誓った。

その後車は斎藤さんの自宅に向け順調に走っている。俺はぼんやり車の窓から外の景色をながめている。多くの車が行きかい、信号で止まると横断歩道をたくさんの人が渡る。東京にはこれほど多くの人が暮らしているのだ。

東京に限らず都市には大勢の人が暮らし、人は便利な世を作るため、自然を破壊し動物の住処を奪ってきた。九尾の狐は住処を奪われた動物の怨念だと言っていた。この先人間は、自分たちの都合の良い世界を何処まで作り上げていくのだろう。またその姿を動物や木々などはどう感じ見るのだろうか。彼らから見ると人間はマジシャン、または魔物のように映っているのではないか。

彼らだけに留まらず、地球も人間の進歩に戸惑っているように思える。地震や自然災害などまさに地球の悲鳴なのである。俺は今の生活で十分満足している。これ以上の便利さを求めると、それ相応のしっぺ返しを食らうのでは。

事実、九尾の狐は住処を追われた動物たちの怨念である。俺はまだ見ぬ未来に不安を感じ窓の外を眺める。

車が斎藤さんの自宅に到着する頃にはすでに日が傾きかけていた。長い一日はまだ終わらない。俺とハルさんが車から降りる。俺はトランクに置いていたお祓い道具を手に取りドアを閉める。斎藤さんは近くのファミレスで待ってもらうことになった。有紀ちゃんがこれ以上、九尾の影響を受けないためだ。

パグは運転席から降りると「この子の将来のため、九尾の狐を滅し因縁を祓ってください。お願いします」とハルさんに繰り返し頭を下げていた。俺は親の愛情の深さを感じた。見かけは厳ついパグも、子供を見つめる頬には子猫の足跡のようなえくぼが浮かび愛らしい。

俺もいつか親になるのかと思い何気なく彼女に目を移す。彼女と目が合い、俺の顔はなぜか急にスイッチが入ったように真っ赤になる。心を読まれないようにしなければ。彼女が有紀ちゃんへ目を向けると俺の顔も次第に落ち着きを取り戻す。

車を見送り庭に通じる階段を上ると家の隅には不規則に並ぶ石が見えてきた。あれが祠なのか。ひっそりと佇む祠に向かって俺たちは歩き続ける。

祠は白い四角い石の上に朽ち果てた長方形の石が重ねられているだけのものだった。立派な祠をイメージしていた俺は、雨ざらしの祠を見て少し気の毒に思った。ここに妖狐の九尾が封印されているのか。

俺は胸に仕舞っていた眼鏡をかける。祠は赤い炎で包まれ俺の背中に悪寒が走る。封印されなおこれだけの妖気を発する祠に俺は無意識に二、三歩後ずさりする。まちがいなくここに九尾の狐が封印されている。

俺は祠の正面に祓いの道具を置き準備を始める。祭壇を組み立てていると、彼女は祠を取り囲むように、一メートルほどの細長い棒を四隅に挿しはじめた。

地面に挿した四本の棒は緑色の炎で包まれている。結界を張るためのものだろうか。次に彼女は四本の棒を縄で結び、祠を囲む。一体何をするのだろうと思いながら組み立てた祭壇を縄の外側に据えた。それを見ていた彼女は祭壇も結界の中に据えてと言う。俺は祭壇を抱え祠の目の前に置いた。

準備は整った。俺たちもしめ縄の内側に入る。彼女は深呼吸すると静かに手を合わせた。今から最後の戦いが始まる。張り詰めた空気の中、唇が渇く。彼女は目を閉じると静かに真言を唱え始めた。

「オン　アロリキヤ　ソワカ」

彼女は両手を広げ大きな柏手を打つ。

「パァン」

静まり返った庭に、彼女の手の平から甲高い音が生まれあたりに響く。するとその音と共にあたりの景色が一変する。しめ縄の内側だけが切り取られ、別の空間に移動した。

周りは見渡す限り草原が広がっている。遠くに山が見え、一見すると避暑地の高原のようだ。しかしそこに吹く風は生温く居心地は悪い。祠を取り囲むこの場所だけが、あたりの景色に馴染めず浮いている。どうやら俺たちは裏の世界にいるようだ。

表の世界で九尾の封印を解くと東京が火の海になりかねない。状況は不利になるが彼女は裏の世界で九尾の狐と闘うことを選んだのだろう。彼女は続けざまに今度は俺に教えてくれた真言を唱え始めた。

「オン　アボキャ　ベイロシャノウ……」

祠の上に五芒星が浮かび上がる。真言が進むにつれ、五つの星の角が光り出した。光の中には古くて真っ黒な錠前が見える。

真言を終えハルさんが浮かび上がる五芒星に向け歩き出す。手には五つの鍵を持っている。鍵をよく見ると何か文字が書いてある。目を凝らし見つめると「木・火・土・金・水」と書かれている。どんな意味があるのだろう。彼女は錠前に近づくと鍵穴に鍵を入れ回した。「ガチャ」と言う音と共に錠前が開く。三つ、四つと錠前は音を立て開く。そして最後の錠前が解かれた。俺はその様子を、固唾を呑んで見守る。

すると、祠の石がゴトゴトと音を立て揺れ始める。いよいよ九尾の登場か。そう思った次の瞬間、雲一つない空から突然雷が落ちる。稲光は祠の石を真っ二つにした。突然の出来事に驚き、腰を抜かしその場に尻もちをつく。

開いた口を閉じる間もなく、今度は割れた石の下から茶色い物がせり上がってきた。どうやら九尾の狐のようだ。背中を引っ張られるかのように丸まりながら、まさにキツネ色した毛をなびかせ現れる。天空に浮かぶ九尾がゆっくり地面に降り立つ。長い間狭い結界に閉じ込められ解放された奴は、身体をくの字に曲げ伸ばす。ピンと立った耳。眼光は鋭く、俺たちに気付くと睨みつける。口からはピンクの舌を舐めるように出している。まるで朝食に俺たちを食べるとでも思っているようだ。九つある尻尾はすべて天を仰ぎ、炎のようにゆらゆらと揺れ俺たちを威嚇する。

奴は天を仰ぎ大きく息を吸った。すると身体が風船のように膨らみ始める。一体何が起きているのか。俺たちは膨らみ続ける身体に押しつぶされないようその場から逃げる。壊れた祠を飲み込み、奴の身体は奈良の大仏様ほどの大きさにまで膨れ上がるとやっと止まった。

こんな化け物相手に闘うと言うのか。

「こんなの聞いてないよ……」

見上げる九尾の身体からは、背筋が凍るほどの妖気が漂う。あまりのおぞましさに俺の身体は例のごとく棒のように固まる。隣にいるハルさんも、想像以上の妖気に戸惑っているようだ。

一方九尾は、俺たちを無視するように裏の世界の風を楽しみ天を仰ぎ見る。次に野太い声で吠え始めた。遠吠えは息の続く限り吠え、草原に響き渡る。生暖かい風が奴の栗毛色した背中を抜けると稲穂が揺れるように大きく波打つ。その姿はなぜか神々しくさえ感じられた。俺たちの目の前に九尾の狐が完全復活した。

九尾の復活に気を取られていた俺は、後ろに福先生がいることに気付かなかった。空を見上げるとテンが舞っている。ハルさんファミリーも全員裏の世界に集まった。しかしその表情は硬い。それもそのはず、鳳凰のテンでさえ、羽を広げても九尾の半分ほどの大きさだ。福先生に至っては奴から見ると蟻んこほどに見えるだろう。

テンは翼を羽ばたかせ様子を窺っている。強い風が吹きつけあちこちで竜巻が昇る。福先生も二、三歩前に歩み出し戦闘態勢を整えている。

依然、九尾の狐は俺たちのことなど気にする様子もなく、裏の世界の妖気を楽しんでいる。その時、彼女がテレパシーで俺に告げる。

「田辺君、今のうちに水の結界で奴の動きを封じテンや福の手助けをして」

しかし夢の中で奈良の大仏様をすっぽり包むほど大きな結界など作ったことはない。俺の頭に不安がよぎる。だが迷っている場合ではない。やるしかない。

俺は大きく息を吸い、大地を踏みしめ真言を唱える。真言に合わせ印を組む手もいつも通り滑らかだ。迷いはない。

心の中で九尾を捕らえる巨大な水の結界を思い浮かべる。そして真言の最後の言葉を唱える。

すると目の前に九尾の身体をはるかに超える結界が現れた。結界に閉じ込められた九尾の姿は、檻に閉じ込められた狐のようだ。その様子を見ていた彼女は「拳を強く握り結界を絞り込んで」と叫ぶ。

俺は印を結んだ手を強く握り締める。結界は急激に縮み九尾の身体を締め付ける。奴は結界の中でもがき始めた。

俺はさらに拳を強く握り締め結界を締め上げる。すると九尾は水の結界に締め付けられ身体が縮み始めた。「ヨシ……」俺は小さな声を上げると、両手をさらに強く握りしめる。しばらくすると左右の手が震え始める。

九尾も結界の中で脚を踏ん張り小さくなる身体を止めようともがいている。俺と九尾の力比べだ。

拳を握る手は小刻みに震え、限界に近付いている。しかし先ほどまで奈良の大仏ほどの奴が、今では鎌倉の大仏ほどの大きさにまで縮んだ。

すると突然、九尾は口から炎を噴き出し反撃を始める。火を噴く奴を見ながら、俺は一瞬ゴジラかよと思う。

俺の震える拳を隣で見ていた彼女が、一本の矢を取り出し放つ。矢は一直線に九尾の鼻先に刺さる。その後矢はオレンジ色の光を放ち、雷に形を変えると九尾の身体に電流がながれる。突然の雷に九尾は結界の中でのたうち始めた。

しかし九尾の身体を走る電流は、水の結界を伝い俺の身体にも流れる。その電流に俺の髪の毛は総立ちとなり身体が痺れる。しかし印を組んだ手は決して離さない。

雷が治まると九尾はもう一回り小さくなり、テンと同じ大きさにまで縮んだ。これなら戦える、そう思いガチガチに握った手を少し緩めた。すると奴はすかさず九本の尻尾を振り、いとも簡単に結界を破った。

「しまった」俺は大慌てで拳を強く握るが時すでに遅し。結界は粉々に崩れた。せっかく縮んだ九尾が元の姿に戻るのでは、と俺の頭に不安がよぎる。しかし奴の身体は縮んだまま元の姿には戻らない。

ほっと胸をなでおろし隣にいる彼女を見ると、それまで自分で使っていた弓矢を俺の胸に押しつける。これで九尾の狐を射抜けと言うことだろう。彼女の表情は相変わらず硬い。

俺の結界が崩されると、今度は福先生が九尾めがけ全力で走り出した。いつもは柔らかくふっくらした先生の毛並みが逆立ち、針を刺したように硬くトゲトゲになっている。

一方九尾は、走り来る福を目で追い三本の尻尾で振り払おうと尻尾を高く持ち上げた。

刹那、福先生の身体を覆う白い針が、銃弾のように九尾に放たれた。針は彼の腹のあたりに命中した。すると針はまるで生きもののように九尾のお腹に消えて行く。

意表を突かれた九尾は高く振りかぶっていた尻尾を慌てて身体の前に並べ盾にする。奴の腹に刺さった針の部分が紫色に変わりはじめた。あの針には毒が仕込んであったのだろう。

すると九尾は突然もがき始める。そのあとすぐ天を仰ぎ悲鳴を上げた。さすが福先生。

先生に続けと俺も矢を射る。一本目の矢は九尾に届くことなく失速し落ちる。まったく弓の腕が上がらない自分に腹が立つ。今度ハルさんにお願いして夢の中で弓道の練習をしよう。そう思いながら二本目の矢を手に取り弓柄《ゆづか》を握り今度は弦《つる》を力任せに引き矢を放つ。

二本目の矢は風を切り奴の頭めがけ飛んでいく。矢は奴の鼻先に当たる。その矢を目にした彼女はすかさず短い呪文を口の中で唱える。とたんに矢は大きな音と白い煙を上げ爆発し、奴の鼻先が吹き飛ぶ。

その頃福先生は九尾の足元まで迫っていた。鼻先を吹き飛ばされた九尾はバランスを崩し身体が傾き始める。意識の飛んだ九尾に追い打ちをかけるべく、先生は紫色に変わったお腹のあたりに体当たりした。山嵐のような先生の毛が奴の腹に刺さると、九尾の身体は地面に崩れ苦しそうにもがき始めた。

息の合った連続攻撃で、戦いは有利に進んでいるように見える。しかし奴は意識を取り戻し吹き飛ばされた鼻を前足でなでると鼻は元通りに戻った。

奴は倒れたまま俺たちを睨みつける。次の瞬間、俺たちめがけ口から炎を吐く。火柱が俺たちに襲い掛かる。

彼女の作る結界の中にいた俺は炎の餌食にならずにすんだ。しかし結界の中にいても炎の勢いは強く、とっさに手で顔を覆わなければ火の勢いに耐えられない。俺は無意識にその場で頭を抱え縮こまる。炎が治まりあたりを見ると周りの木々が一瞬で炭になっている。もし九尾が表の世界で炎を噴けば、東京は一瞬で焼け野原になるだろう。江戸の町を焼き尽くした九尾の狐が、令和の世で再び暴れ出す。そう考えただけで心臓が止まりそうだ。

俺はもう一度水の結界で奴の動きを封じようと印を組む。現れた格子状の結界は前回より太く頑丈である。これはいける、そう思い拳を握り絞め九尾を結界に閉じ込める。

しかし今度は二本の尻尾を振り回し、いとも簡単に結界を破った。結界は蜘蛛の巣のように二本の尻尾に絡まる。奴には俺の作る結界など蜘蛛の巣程度にしか感じないのだろうか。尻尾に絡まった結界も痛くもかゆくもないようだ。奴はゆっくり立ち上がると、再び口から炎を吐きあたりを焼き尽くす。

印を組んだまま大きなため息をつく。すると隣で彼女が再び印を組み真言を唱え始めた。すると目の前に銀色のクサビが現れた。一体何に使うのか。そう思った瞬間、クサビは絡まった結界の上から尻尾を固定するように地面に突き刺さる。俺は慌てて印を組んだ手を握り締める。二本の尻尾は地面にくぎ付けされ、奴は身動きがとれない。

その頃、九尾のお腹に張り付き毒を回していた先生は、五本の尻尾を伸ばし奴の後ろ脚を縛るように絡めた。急に後ろ足を縛られ九尾はバランスを崩しその場に横向きに倒れる。先生の背中のとげからは、相変わらず毒が出ているのか、奴のお腹が紫色に変わっている。

横倒れになった九尾は、身体に毒がまわり始め全身がピクピクと痙攣している。後ろ脚と尻尾を固定され身動きできない九尾は、空から攻撃するテンにとって格好の標的だ。テンは大きな羽を奴めがけ羽ばたかせる。強い風と共に翼からは数十本の矢が九尾めがけ降ってきた。どうやらテンは自分の羽根を矢に変え空から放っているようだ。矢の先が金色に光る。彼女が羽ばたくたびに流星のような光の矢が空から降り注ぐ。

その矢は九尾の胸のあたりに集中しているようだ。刺さった矢はまるで生きているかのように奴の身体の中に潜り込む。恐らく奴の心臓目掛け矢は進んでいるのだろう。九尾はたまらず四本の尻尾を振り回しその矢から身を守る。

テンは相変わらず上空で大きく羽ばたき雨あられと矢を降らせる。盾代わりにしている四本の尻尾には無数の矢が刺さり、そのまま尻尾の中に消えて行く。しばらくすると茶色の尻尾が紫色に変わってきた。どうやら尻尾に毒が回っているようだ。九尾は顔をしかめると痛みに耐えかね奇声を発した。その後、狂人のように悶え始めた。

テンは攻撃の手を緩めることなく空から矢を降らせる。四本の尻尾は完全に毒が回り、全体が紫色に変わっている。九尾は一瞬紫色に変わった尻尾に目を向けると、トカゲの尻尾切りのように四本の尻尾を付け根から鋭い爪で切り落とした。切り落とされた四本の尻尾がその場で飛び跳ねのたうち回る。

怒りに満ちた九尾は、大きく息を吸い込みテンめがけ一気に炎を吐く。炎は火柱となり凄まじい勢いでテンに襲い掛かる。火柱は、離れて見ている俺の所まで熱が届くほど強く、とっさに顔をそむける。

テンは炎を翼で受ける。しかし炎の勢いは強くテンは火柱に押され始めた。九尾は依然、凄まじい勢いで炎を吐き続ける。しばらくするとテンの姿は豆粒ほどの大きさになり最後は見えなくなった。九尾の口元から炎が消える。

地面に倒れ込んでいた九尾は身体を起こすと、クサビで固定された二本の尻尾をためらうことなく前足の爪で切り落とした。奴の口から痛みに耐えかね、悲鳴が漏れる。

これで尻尾は三本になった。すると三本の尻尾が急に伸び始め一本にまとまる。次の瞬間、その尻尾は福先生めがけゴルフクラブでスイングするかのように鋭く振り下ろされた。

一瞬の出来事で先生もなすすべなく、ゴルフボールのように綺麗に弧を描き飛んでいく。草原に飛んでいく先生を見ながら普段の俺なら「ナイスショット」と冗談を飛ばすところだが、生きるか死ぬかの瀬戸際でそんな冗談も出ない。

先生が米粒ほどの大きさになり、やがて消えた。すると九尾は俺たちに目を移す。その目は怒りに満ちている。成り行きを茫然と見ていた俺は、慌てて弓矢を握ると力任せに放つ。矢はシュッという音を立て奴の顔をめがけ飛ぶ。同時に奴は炎を吐く。

矢は炎の中で蒸発するかのようにあっという間に消えて行く。その炎は俺たちめがけまっしぐらに突き進む。

炎が結界に達する直前、彼女は結界の外側にもう一つ水の結界を作った。

炎が水の結界に触れると、辺りは一気に白い霧で包まれる。まるで雲の中にいるようで視界が全く利かない。それと共に結界の中の温度が急激に上がる。攻撃の手を緩めることなく九尾は炎を吐き続け、結界の中はその熱でサウナ状態だ。彼女はぼーっとしている俺に向かい「私たちを水の結界で守りなさい」と叫ぶ。すぐさま俺たちの周りを取り囲む小さな水の結界を作る。すると辺りの温度が急に下がる。サウナの後の水風呂のようだ。

九尾はなおも炎を吐き続けている。しかし二人で作る三重の結界でどうにか生きている。あたりは依然白い霧に覆われ奴の姿さえ見えない。きっと苦々しい面持ちで睨みつけていることだろう。

しばらくするとあたりの霧が晴れ始める。九尾は諦めたのか。

霧が晴れあたりの様子が徐々に見え始めた。すると奴はこちらに向けゆっくり歩いてくる。一本の尻尾はサソリの尻尾のような曲線を描き、俺たちを狙っている。その姿は生きてここから返さないとでも言っているようだ。風を受け優雅に歩み寄る九尾に俺は固唾を呑む。

一本の尻尾の先は相変わらず俺たちを狙っている。よく見ると、尻尾の先に銀色に光るものが見えた。そう思った瞬間、尻尾の先から銀色のヤリが飛んできた。風を切る音と共にヤリが迫る。

銀色のヤリは結界に刺さり止まった。それは陸上の投てきで使うヤリほどの長さで先端が鋭く尖っている。

ヤリは二番目の結界を突き抜けようやく止まった。先端の尖ったヤリを食らったら、身体を貫き串刺しになるだろう。そのまま奴が吐く炎で、あっという間に焼き鳥ならず、焼き人間ができる。そう考えると背筋が凍る。

一尾となった狐は目を吊り上げ、こちらに歩み続ける。迫りながら次のヤリが放たれる。

再び結界を突き抜け止まる。しかし今度は俺が作る三番目の結界も突き抜け目の前で止まった。

彼は結局四度ヤリを放った。そのうち二つは俺の作る三番目の結界を突き抜ける。

奴は、もう目と鼻の先まで近づいている。改めて見上げると、その大きさに圧倒される。まるで夢でも見ているのかと目を疑う。これでも、最初に現れた時の半分以下にまで小さくなっている。

身体を覆う黄金色の毛が風になびき収穫前の稲穂を思わせる。人間に虐げられ、この世を去った動物たちの怨念が作り出した九尾。その姿に俺はどこか畏怖の念を抱く。因果応報、身から出た錆。俺たちは、過去の過ちを償うことになるのだろうか。奴は立ち止まると俺たちを品定めするようにじっと見つめる。すると彼女に目線を合わせ話し始めた。

「お前を馬鹿にする人間どもをなぜ守る。お前も俺たちと同じ心を持っているではないか」

ハルさんは臆することなく九尾を見上げ答える。

「人間は過去に動物たちの住処を奪い、自然を破壊してきたことは認める。しかし今は木を植え、自然や動物たちと共に暮らしている」

九尾は眉間に皺を寄せる。

「お前たちは神だとでも思っているのか。人間が生まれてこのかた、戦争がなかった日は一日たりともない。地球のどこかで人間どもは戦争を起こし殺し合い、動物や自然までもその犠牲にしている。命を大切にしない人間が、動物や自然を守ることなどできはしない。人間のエゴは恐ろしい。地球も一瞬で破壊することができるほどだ」

奴の話に胸が痛む。

「人間は動物や自然と共に生きるため、みんなで知恵を絞り行動している。決してエゴで動物たちの住処を奪い、自然を破壊してはいない」

彼女の話に九尾は天を仰ぎ、笑いを始めた。

「人間は自分たちの欲を満たすため、なりふり構わず自然を破壊し、動物たちを虐げ、この青い地球まで何も住めない砂漠にしてきたではないか。人間の欲が尽きない限り地球は蝕まれ、我らの仲間たちは滅びる。俺様はそんな人間からこの地球を守り、平和な星にするため生まれたのだ。俺様の邪魔をするな」

奴の言葉が胸にしみ俺に迷いが生じる。間違ったことを言っているとは思えないからだ。しかし俺たちも今、環境保護に取り組み地球と共に暮らしている。何もしていない訳ではない。彼女を見ると表情は硬く、張り詰めた緊迫が伝わってくる。九尾は畳みかけるように話を続ける。

「地球が数百年かけ太陽と水と大地で作り出した森を、人間は一日で焼き払いそこに新たに街をつくる。この地球に人間だけが増え続け、森が次々と街に変わっていく。このままでは地球が悲鳴を上げ、いずれ滅びるだろう。俺様は破壊しか能のない人間どもを焼き払い、昔の地球を取り戻すため復活したのだ。邪魔立てするな。地球は人間のためにあるわけではない」

奴は話し終えると尻尾を大きく振りかぶり、結界めがけ襲い掛かる。「ピュー」と言う風を切る甲高い音が響き尻尾が迫る。

彼女は印を組んだ手を強く握りしめ、結界を守る。俺は組んだ手を固く握り、目を閉じ結界が壊れないよう祈る。次の瞬間、バリバリバリと凄まじい音があたりにこだまする。

恐る恐る目を開けると結界はすべて崩れていた。彼女を見ると、印を組んでいた手から一筋の血がながれている。結界を力の限り固く結び守ってくれていたのだ。

彼女は印を解き、殺気をはらんだ視線で奴を睨みつける。反対に奴は彼女をあざ笑い、尻尾を高く持ち上げる。ハルさんは手をおろし九尾にガンを飛ばす。

「終わった……彼女にこれ以上の策はなさそうだ……」

茶色の尻尾が風を切り迫る。彼女は無防備な姿で立ちすくむ。俺の身体は固まり恐怖で目を強く閉じる。

俺はすでに勝負を諦め、蜘蛛の巣にかかった虫のように死を待つ。

次の瞬間、耳元でバシンという大きな音がする。

俺の人生もこれで終わり……しかし大きな音はしたものの、俺の身体は棒立ちのままだ。

こわごわ目を開けるとまだ生きている。一体何が起きたのか。俺は不思議に思い辺りを見回す。

すると俺の右側に高い壁ができている。その壁をよく見ると五本の大きな指が見える。どうやらこの手に守られていたようだ。

無意識に触ると、その手は温かくて柔らかい。やはり巨大な手に守られたのだ。振り返ると赤地に金の曼荼羅模様の服を纏った神様がいる。その神様は空中に座り、背中には眩しいばかりの後光が差している。俺はその大きさに呆気にとられ口を開いたまま茫然と眺める。その大きさは奈良の大仏様よりさらに一回り大きい。

神様と目が合うと頬を緩め微笑んでくれた。俺は頭を掻きながらお辞儀をする。すると彼女が「大日如来金剛界様よ」と教えてくれた。

「えっ……この世の創造主……」

俺は素っ頓狂な声を上げる。九尾の狐が素早く間合いを空ける。その後もじりじりと後ずさりする九尾。

思いがけない金剛界様の登場に俺はほっと胸をなでおろす。再び振り返り、金剛界様に直立不動の状態から四十五度の角度で丁寧にお辞儀をする。金剛界様は頬をさらに緩ませ笑う。

いっぽう九尾の狐は、頭を低くし金剛界様を下からにらみを利かせ、いつでも飛びかかれる状態だ。

彼女に目を向けると、ひとり言のようにブツブツ話している。金剛界様と何か話をしているのだろうか。創造主が手助けしてくれるのならこの勝負、負けるはずはない。

するとたんに俺たちを守る大きな手が薄くなり始めた。「うそでしょ……」俺は再び振り返る。すると金剛界様の身体も透け始め後ろの景色が見え始める。どうやらこのまま助けてくれるわけでは無いらしい。

「勘弁してくれ……」

俺は大声で叫んでいた。またしても俺たちは窮地に追い込まれる。かわりに九尾は先ほどまでの強張った表情から肩の力が抜け薄ら笑いを浮かべている。

俺は尻に火が付いたように慌てふためき、奴を封じるため水の結界を作る。しかし現れた結界は細くて使い物にならない。奴が尻尾を軽く一振りしただけで崩れ去る。

俺は一度大きく息を吸い、再び水の結界を作る。今度は丈夫な結界が現れ、奴の動きを封じるため手の印を固く握る。

するとすかさず九尾は口から炎を吐き結界は瞬きする間に破られた。あたりは白い霧に包まれ、一瞬九尾の姿も視界から消える。

その時、地面が大きく揺れる。かなり大きな地震だ。すると地面が音を立て裂け始める。亀裂は俺たちと九尾を引き裂くように伸びる。今度は何が起きるのか。次から次に起きる不思議な出来事にすでに俺の頭の中は飽和状態だ。

次に裂けた地面から真っ白い雲が勢いよく噴き出し始めた。もう、訳分からん……突然地面から噴き出す雲に驚き、俺は尻もちをつく。今日何回目の尻もちなのか。普段の生活で尻もちをつくことなどない。

綿菓子のような雲は裂けた地表からシュッという音を立て勢いよく噴き出し、頭上にプカプカ浮かぶ。目の前で噴き出す雲に九尾も動けず空を見上げている。

しばらくすると俺たちの頭の上に大きな入道雲ができあがり、なお地面からは白い雲が噴き出す。

雲の中では、時折激しい光が見える。おそらく雲の中は稲妻が光り荒れているのだろう。あたりに風が吹き始め、空から大粒の雨まで降ってきた。

九尾の狐は用心深く入道雲を見つめる。俺も目を凝らし見つめていると、雲の中でなにかが動き回っている。時折雲間から身体の一部が見える。身体の表面は鱗のようなもので覆われ日の光に反射しきらめいている。雲の中で大きな魚が泳いでいるのか。

いや違う。その生き物は胴が異様に長い。大蛇か。胴体は蛇のようだ。しかし長い身体の所々に足のようなものが見える。足先には鋭い爪が光る。その生き物は雲の中で気持ちよさそうに泳いでいる。入道雲もその動きに合わせ形を変える。一体なんなのだ……あんな生き物見たことない。

隣で彼女は降りしきる雨や風を避けるため、俺たちの周りに小さな結界を作ってくれた。しかし彼女は体力の限界を迎えているようで顔が青白い。

どれくらいの時間が経ったのだろうか、地面から噴き出る雲がやっと止まった。するとそれまで降っていた大粒の雨もあがり、空にぽっかりと入道雲が浮かぶ。光が目に入り手をかざし入道雲を見つめる。

不意に入道雲から何かが飛び出してきた。光を背に受け真っ黒い影が大空を舞う。長い身体が雲の中から次々と伸びる。ようやく尻尾が雲の中から現れた。

大空を悠々と泳ぐその姿は鯉のぼりのようで気持ちよさそうだ。眼が徐々に光に慣れてくるとその姿がはっきり見えた。

「龍神様だ」

銀色に輝く身体を大空でくねらせ気持ちよさそうに泳ぐ。

ひと泳ぎした龍神様は俺たちのもとにやって来た。大空を舞っている時はさほど大きく感じなかった。しかしまぢかに見る龍神様は桁外れに大きい。

身体は新幹線ほどの長さだ。頭には金色に輝く角が見え、鹿の角のように枝分かれしている。頭を覆う銀色の髪は、風にたなびき神々しい。目はワニのようにギョロッとしており黒いマナコに俺たちが映る。その大きさと威厳に俺は言葉が出ない。

龍神様は彼女が念じ、呼び寄せたものだろうか。そう言えば、幣立神宮御主が鍵を握るのは龍神様だと言っていた。彼女は本当に龍神様を呼び寄せたのだ。

そう言えば、彼女と龍神様は友達だと御主が言っていた。俺は厳つい顔の龍神様とは友達になれそうもない。なにせ、あの先の尖った手でハグでもされたら俺の身体は傷だらけだ。

「ハルがワシを呼んだのか。それにしてもここは居心地が悪い。九尾の妖気があたりに充満しておる」

彼は空中に漂いながら話す。

「龍神様。力を貸してほしいの。九尾の狐を滅し、元の清らかな動物たちの魂に戻したいの」

彼女がそう話すと龍神様は不思議そうな顔で見る。

「ハルの霊力があれば九尾を元の魂に戻すことなど造作ないだろう」

「いいえ。残念だけど九尾の方が霊力は上よ。お願い、手を貸して」

彼女はここに来るまで三度の戦いを終えてきた。しかも俺への特訓まで行い、霊力も残りわずかなのだろう。出来の悪い俺の特訓は、特に力を消耗させることになった。目の下に隈までできるほどだ。それにしても彼女は本当に龍神様と友達だったのだ。まあ、神様と話ができるほどなので、龍神様が友達でも不思議ではない。しかし彼女以外に龍神様と友達の人はいないだろう。

「ハルの願いを断ると後で胎蔵界様から叱られるからな」

その時、九尾の狐が踵を返し逃げ出した。

俺はすかさず声を上げる。

「九尾が逃げます」

俺の叫び声に二人は一度九尾の狐に目を移す。しかし二人とも何事もなかったように話を続けた。

「それはそうと、この頃表の世界の空もだいぶん濁ってきたようだが何か起きているのか」

「そのことは今度ゆっくり話しましょう。今は九尾を滅し、動物たちの魂を救うことが先よ」

話し終わる頃には、九尾の狐は普通の狐の大きさに見えるほど遠く離れていた。見晴らしのよい草原なので見失うことはないにしても大丈夫だろうか。

龍神様は面倒くさそうに九尾に目を向けると上空に舞い上がり、一気にスピードを上げ九尾を追う。

すると数秒後、龍神様は俺たちのもとに戻ってきた。

「はやっ……」

二本の前足で九尾の背中を鷲づかみしている。龍神様は瞬きする間に風と共に戻ってきたのだ。

　頭の上では龍神様が子猫を掴むように九尾を掴む。奴は手足をバタつかせもがいている。すると龍神様は長い身体を九尾に絡ませ動きを封じる。次に雑巾を絞るように長い身体で締めつけ始めた。よほど苦しいのか九尾の狐から甲高い声が漏れる。龍神様はさらに身体を絞り締め上げる。

　もがき苦しむ九尾は最後にひと声吠えると頭をだらりとたらし動かなくなった。あっという間に決着がついた。「恐るべし、龍神様」

　すると九尾の身体が薄くなり始める。代わりに無数のガラス玉が中から現れる。握り拳ほどのガラス玉は日の光を浴び様々な色に光っている。

「なんだありゃ……」

　俺がつぶやくと、彼女が「住処を追われ死んでいった動物たちの魂よ」と教えてくれた。俺は目を白黒させガラス玉を見入る。

千、二千。いやそんな数ではない。一万、二万。とても数えられない。

大空を漂う魂は色んな色で光る。黒や青、炎のような真っ赤な魂もある。その様子は花火があがったようにも見える。

　しかしその魂からは、怒りや悲しみが感じられる。しばらくの間、俺は静かに光に反射する魂を眺める。

魂たちは行き場をなくしその場をさ迷っている。その時、俺の後ろで何かの気配がした。

振り返ると金剛界様が再び現れた。大輪の蓮の花の上に座り、背中には後光が差している。またその周りには炎まで纏っている。柔和な表情ではあるが目は鋭く、魂を見つめている。金剛界様は腰のあたりで組んでいた手を解き、空に漂う魂に向けかざした。

すると、行き場をなくした魂たちが金剛界様の大きな手の平に吸い込まれるかのように寄ってきた。無数の魂たちが金剛界様の手の平に列をなす。

先頭の魂が黄色く光り始めた。すると他の魂たちも次々と黄色い光を発し始めた。大空に黄色い光が広がる。魂たちは帰る家ができたようでたのし気だ。俺は無意識に手を合わせその様子を見守る。

幸せそうに輝く魂が一つ、また一つ金剛界様の手の平に消えて行く。

「黄色はどんな感情を表すのですか」

「黄色は喜びの色。魂が喜んでいるのよ」

彼女がそう教えてくれた。ふと、彼らはこれからどこへ行くのだろうと不安に思い、問いかける。

「動物たちは全員金剛界様が天国へ連れて行ってくれるそうよ。しばらくそこで幸せな日々を過ごし、それから再び地上に戻ってくるの。動物たちの転生は早いから明生君の生きている間にもう一度出会うかもしれないわね」

「天国ですか。良かったですね。今度生まれ変わったら一緒に遊びたいものですね」

彼らとまた会える。そう思うと胸が熱くなる。

「でも人間が自然を破壊し、動物たちの住処を奪えば第二の九尾を生むことになるわ。九尾が話していたように、人間はもっと動物や自然、地球と共に生きることを真剣に考えなければいけないわ」

彼女の言葉が胸の中で響く。しかし実際、動物や自然、地球のために何をすればよいか分からない。

「難しく考えることはないわよ。生き者たちが命を削って与えてくれた食事を『命をいただきます』と感謝するとか、食事は残さず食べることから始めて」

へぇー。食事の時、何気に言っていた「いただきます」とは命を頂く感謝の言葉なのか。知らなかった。今度から命に感謝し食事をしよう。

「また、ペットを飼ったら最後まで世話することも大事だわ。今は飼っていたペットを途中で投げ出し保護された動物が殺処分されているのよ。人間の身勝手な思いで大切な命を消してはだめ」

そうか。難しく考えることはないのか。毎日の生活の中で自分ができることから始めれば良いのか。

話をしている間も、喜びに満ちた魂たちは金剛界様の手の平に消えていく。その様子を三人で見守る。

最後の魂が手の平まで来ると、突然八の字に飛び始める。三回、四回と八の字に飛び回る魂。まるでありがとうと言っているようだ。俺はつい先ほどまで死を覚悟したことさえ忘れ、喜びに満ちた魂を微笑みながら見送る。心の中がほんわか温かくなる。

隣にいるハルさんも、笑みがこぼれている。龍神様に目を移すと、こちらは元が厳めしい目つきで、笑っているのか怒っているのか分からない。たぶん笑っているのだろう。そういうことにする。

俺はいつの間にか魂に「また東京で会おう」と叫んでいた。すると今度は魂の色が黄色から紫色に変わる。「ん……紫……」紫色の魂は金剛界様の手の平に消えた。

「ハルさん。紫色はどんな気持ちを表しているのですか」

すると「愛を表しているのよ」と教えてくれた。人間の身勝手な思いに振り回され亡くなった動物が、最後に俺たちに愛を与えてくれた。俺には絶対真似できない。そう思うと自分がちっぽけな人間に思えてきた。実際そうなのだが。

最後の魂が手の平に消えると、金剛界様の身体が透け始め、あっという間にあたりの風景に溶け込み殺風景な草原に戻る。

龍神様が空を仰ぎ飛び立とうとしている。次の瞬間、青い空めがけ泳ぎ始める。あたりに突風が吹き、土埃が舞う。海のように青く広い空を気持ちよさそうに泳ぐ龍神様。その姿は瞬く間に小さくなりとうとう見えなくなった。

俺たちの周りはいまだに砂ぼこりが舞う。彼女は疲れた様子も見せず笑みを浮かべ「帰ろうか」と言う。俺は無言のまま大きく頷いた。もう少し二人で勝利の余韻に浸りたかったが、有紀ちゃんの様子も気になる。早く戻って因縁の呪縛から解放された彼女を見たい。

彼女は手を合わせ、短い真言を唱える。

「オン　アロリキャ　ソワカ」

彼女が柏手を打つと裏の世界から表の世界に戻る。日はとっくに暮れ暗闇に包まれている。空を見上げると真ん丸なお月様が顔をのぞかせていた。

ふと彼女が足元の祠に目を移す。俺もつられる。すると封印していた石の祠は真っ二つに割れていた。祠も役目を終え今はただの石に戻ったのだろう。先ほどまで漂っていた禍々しい妖気は消えた。

つい先ほどまで生死の境をさ迷っていたとは思えないほど、あたりは静かだ。隣で彼女が斎藤さんに連絡を取っている。携帯から漏れる声からは、有紀ちゃんが唯奈さんの腕の中で魚のように飛び跳ねているようだ。俺はほっと胸をなでおろす。

十分ほどで斎藤さんが自宅に戻ってきた。俺は眼鏡をかけたまま真っ先に有紀ちゃんを見る。すると彼女の身体にまとわりついていた灰色の雲はすべて消えていた。彼女に憑けられた因縁は解けたのだ。今はお母さんの腕の中で静かに寝息をたて寝ている。まるで天使の様だ。

パグはハルさんを見ると矢継ぎ早に質問攻めにする。彼女はゆっくりとした口調で、「すべて終わりました」と答えた。

俺は携帯を取り出し時間を確認した。すでに二十時を過ぎている。斎藤さんと別れ二時間ほどが過ぎていた。短い間に色んなことが起きた。生きて帰れたから良いものの、戦いに負け死んでいれば今頃天国にいたのだろう。能天気な俺は、地獄ではなく天国に行くことにしている。

パグはハルさんの話を聞くと、ほっとした表情を浮かべ自宅に勧めた。しかし彼女は遅くなったのでそのまま帰ると伝える。

帰り際、寝ていた有紀ちゃんが目を覚ました。するとハルさんに向け両腕を広げ抱っこしてと訴える。彼女が有紀ちゃんを抱きかかえると、もみじのような小さな手でハルさんの頬を撫で、何やらモゴモゴ話し始めた。まるで因縁を解き放ってくれたお礼を言っているようだ。見ているこちらも気持ちがほっこりする。有紀ちゃんは話し終えると彼女の胸にそっと耳を当てる。まるでハルさんの魂の聲を聞いているようだ。天使のような笑顔でペタンと胸に耳を当てる姿は、見ているこちらも気持ちが和む。

彼女の魂の聲を聞き終えた有紀ちゃんは、次に俺に向け両手を広げた。「えっ……」俺にも天使が舞い降りると言うのか。そう思い今日一番の笑顔で彼女を抱きかかえた。

すると今度は小さな手の平で俺の頬をペタン、ペタンと叩き始めた。ハルさんの時とはあきらかに様子が違う。

つぎに有紀ちゃんは眉をひそめ、俺に説教するかのようにモゴモゴ話しだす。話の間も両手は俺の頬を叩く。その様子は、まだまだ修行が足らんと説教されているようだ。俺は眉を八の字にして「勘弁してください……」と彼女に謝る。その場にいる全員から笑い声が漏れた。

十分説教を終えた有紀ちゃんは、最後に先ほどと同じように俺の胸に耳をペタンとあて静かになる。その姿はまさに天使。俺は叩かれた頬のことなど忘れ彼女の横顔を見つめる。しかし天使に心の中を覗かれている様でちょっぴり恥ずかしい。何とも言えない幸せな時間が過ぎる。

天使は飽きやすいのか、幸せな時間はそう長く続かない。すぐさま母親に両手を広げ抱っこを求めた。

俺はいたずら心が芽生え、身体をクルリと反対側に回すと、天使の視界から母親が消える。すると天使はすぐさま悪魔に変わり、俺の頬を再び叩き両足もバタつかせる。俺は平謝りしながら悪魔を唯奈さんに渡した。戻った悪魔はすぐさま天使に戻り、俺に向けブツブツ文句を言っている。俺は頭を掻きながら天使にごめんなさいのポーズをした。周りからは再び笑い声が漏れその場は和やかな雰囲気に包まれる。

返り際、斎藤さん一家は深々とお辞儀をすると、改めて挨拶に伺いますと伝えた。ハルさんは微笑みながら「有紀ちゃんに会えるのを楽しみにしています」と返事をする。

俺は彼女のセダンに荷物を積み運転席に乗った。助手席にはすでに彼女が座っている。

ハイブリッドの車はエンジン音をたてずに動き始める。隣の席では彼女がまだ手を振っていた。ミラー越しに家族の姿が見えなくなり彼女は窓を閉めた。

「さすがに疲れたでしょう」

彼女の言葉に俺は大きく頷く。

「長い一日でした。無事に帰れて正直ほっとしています。本当に死ぬかと思いました」

俺は正直に答えた。彼女は頷きながら「これからもよろしくね」と話す。俺は少し戸惑いながらも「はい」と返事をする。そして彼女に顔を向けると「運転中は前を見る」と雷が落ちる。

車はマンションに向け順調に走っている。車の揺れが心地よいのか、隣で彼女が舟をこぎ始めた。今日一日で四回も全力で戦い、疲労は相当な物だったろう。また、俺の修行にまで付き合い大変な一日だったであろう。

俺は車をできるだけ静かに運転することにした。ふと眼鏡をまだ付けていることに気付き、外そうと手を掛けたその時、胎蔵界様の聲が聞こえてきた。

「やっぱり私が見込んだ通り筋がよかったわね。幣立神宮御主はきっと途中で逃げ出すと言っていたけど最後まで逃げ出さずによく戦ったわね」

すると今度は御主の聲が聞こえてくる。

「明生は今まで壁にぶつかったらすぐ諦め、最後までやり遂げることはなかった。ワシは今回もまた途中で諦め投げ出すとばかり思っておったわ」

確かに今まで行き詰まると簡単に音を上げていた。今回はなぜ、最後まで逃げ出さなかったのだろ。すると隣の席から彼女の寝息が聞こえてきた。ちょっぴり彼女に目を向け再び前を見る。彼女と一緒に闘ったから最後まで頑張れた、そんな気がした。

まあ、逃げ出そうにも足がすくみ身動き取れなかった。

「まだまだ御主も人を見る目が甘いわね」

満足そうに胎蔵界様が話すと御主の笑い声が響く。

「電柱の張り紙を見ていた時、この子にハルの手伝いをしてもらおうと思ったのよ」

「張り紙……？」

電柱に貼ってあった怪しげなバイト募集の張り紙のことを思い出した。えっ。あの時、胎蔵界様からすでに目を付けられていたのか。しかしハルさんとは偶然車をぶつけたことで知り合ったのだが。「ん……」偶然なのか。胎蔵界様に聞くと「ホホホ」と笑い声が聞こえてきた。

「偶然な訳ないじゃない。私がそうしたのよ。あの日あなたは買い物をするためボロ車で出かけたわよね」

ボロ車。間違ってはいないがちょっとムッとする。

「ハルにはコンビニがある信号で止まると、後ろから車が追突するから身構えときなさいと伝えていたの」

「えっ。最初から俺が居眠りするのを分かっていたのですか」

「フフフ」と意味深な笑い声が漏れる。

「そうよ。私が居眠りするよう車の温度を調整したの。しかしあなたがなかなか眠らない。最後は私が耳元で特別に子守歌を歌ってあげたのよ。それでやっと眠り始めた。そうそう、あの時、温度を調整するため龍神様にも雲を動かし手伝ってもらったのよ。

そう言えばあの時のお礼を言ってなかったわね。今度会ったらお礼を言っとこう」

胎蔵界様は弾む声で話す。そう言えばあの時、車の中に虫がいて耳元で飛び回っていた。あれは彼女の子守歌だったのか。いったいどんな子守歌だったのだろう。ぜひ今度ゆっくり聞いてみたい。音痴だったりして。想像して吹き出す。

それにしても温度調節のため龍神様まで手伝わせ雲を動かしていたなんて、なんでもありの神様だな。俺が心の中でつぶやくと胎蔵界様は「何でもできるわよ。ホホホ……」と甲高くやや神経質な笑い声が聞こえてきた。結局俺は彼女の手の平で踊らされていたのだ。

「御主様。これから先も色んな悪魔と闘うのですか」

そう尋ねると彼は鼻歌交じりの軽やかな声で「もっと凄い悪魔にたくさん会わせてやるぞ」と嬉しそうだ。俺は「もうお腹いっぱいでこれ以上の悪魔はご遠慮します」と話す。「これからが本番なので厳しい修行に励んでもらわんといかん。頼んだぞ」

そう言い残して気配が消えて行く。俺は思わず「えええ」と声を上げる。すると彼女がその声に驚き目を覚ました。

「どうかしたの。今何か話していたみたいだけど」

俺は何食わぬ顔で頭を振る。ハンドルを握る片方の手を放し眼鏡をポケットに仕舞った。

しばらく車を走らせると、彼女が喉が渇いたと言うので近くのコンビニで車を止める。

コンビニでは彼女が飲み物をおごってくれた。車に戻ると彼女が運転を代わってくれることになった。俺は助手席に回る。

彼女は運転席に座りエンジンを掛けた。俺は慌てて助手席のドアを開ける。その時スニーカーの紐が解けているのに気付いた。一旦飲み物を助手席に置きドアを閉め、スニーカーの紐を結び直す。

紐を結んでいると目の前の車が音を立てずに動き出した。つかの間、何が起きているのか分からず、紐を結ぶ手が止まる。

顔を上げるとそこにあるはずの車がない。「えっ。なんで……」慌てて立ち上がり車を追いかける。彼女はドアの閉まる音で、俺が車に乗ったと勘違いしたのだ。普通はありえない話だが彼女の場合、胎蔵界様や御主との話に夢中になり、周りが見えなくなる時がある。

それにしてもそそっかしい。しっかりしているのか抜けているのか分からない。走り去る車の後ろを慌てて追いかけ叫ぶ。

「まだ車に乗っていません。待ってください」

車は車道に出ると一気にスピードを上げた。やばい。本当に置いて行かれる。とっさにポケットに手を当て財布を確認する。しかし財布もスマホも車の中だ。こんな場所で置いてきぼりをくらったら歩いて帰るしかない。ここから自宅まで歩いたら何時間かかるか分からない。

俺は泣き出しそうな顔で、走り去る車を全速力で追いかける。しかし無情にも車はスピードを上げ、とうとう見えなくなった。

俺は諦め立ち止まる。仕方ない、歩いて帰るしかない。そう思ったとたん、背中から突風が吹きつけ俺の身体が宙に浮く。

「えっ……一体何が起きた…」

俺は慌ててポケットから眼鏡を取り出しかける。身体は長細くウロコのようなものがびっしりと敷き詰められごつごつしている。正面を見ると頭には角が生え、金色の髪が揺れ口もとの髭が風になびいている。

どうやら俺は子供の龍神様に乗り空を飛んでいるようだ。子供とはいえ、そのスピードは風のように速い。先ほど助けてくれた龍神様が見かねて、子供を使いにやったのだろうか。ありがたい。あっという間にハルさんの乗るセダンが見えてきた。風を切り飛ぶ龍の背は気持ち良い。それにしても速い。もう彼女が乗るセダンを追い越しはるか後ろに車が見える。

「えっ。車を追い越した」

俺は思わず口走る。すると子供の龍神様も気が付いたのか急ブレーキを掛ける。油断していた俺はそのまま前のめりに地面に飛ばされ、またもや尻もちをつく。龍神様は急に止まれるらしい。

「あいたたた」

お尻を撫でながら顔をしかめると、子供の龍神様の笑い声が聞こえてきた。少し甲高いその声は可愛らしい。九尾の狐を倒した龍神様の声とは大違いだ。大人になるとごつい声に変わる。

しばらくすると笑っていた龍神様は、踵を返し月に向かい飛びたつ。俺は心の聲でありがとうとお礼を言った。

彼女の乗るセダンが後ろからやって来る。いまだ俺が車に乗っていないことに気付いていないようだ。よほど胎蔵界様や幣立神宮御主との話に夢中なのだろう。

正面から来る車に大きく手を振り飛び跳ねる。すると車は無情にも俺の横を通り過ぎる。「嘘だろう」そう叫び再び車を追いかける。

すると車は急に減速しハザードランプを点け路肩に止まった。小走りで車に駆け寄り助手席のドアを開ける。

「そんな所で何しているの」

「何しているの、じゃないですよ。車に乗ってもいないのに、勝手に車を走らせて……」

彼女は悪びれた様子も見せず、ドアの閉まる音が聞こえてっきり車に乗っていると思った、と話す。助手席にはコンビニで買ったペットボトルが、ぽつんと置いてある。俺はブツブツ文句を言いながら車に乗り込んだ。

車はマンションに向け再び走り出す。やっと人心地つき、冷たいジャスミン茶を飲み始める。すると額から汗が噴き出してきた。

最後の最後まで騒がしい一日だった。ハンカチで汗を拭き、運転する彼女に目を向ける。目尻が下がり楽し気な表情だ。きっと胎蔵界様と何か話をしているのだろう。それにしても女性は話好きだ。俺が車に乗っていないことも気付かないほどに。

空を見上げると真ん丸なお月様と目が合う。すると、お月様が「これからもハルを助け頑張れよ」と話しかけてきた。まだ眼鏡をかけていたのだ。俺は眼鏡を外し胸ポケットに仕舞う。

これから先も不思議な出来事が起きるのだろうか。そして、その都度俺は命の危険にさらされるのか。

目じりを下げ運転する彼女の横顔に目を留める。彼女は相変わらず胎蔵界様との話に夢中の様だ。俺は小さくため息をついた。しかしこんな人生も悪くないかも、と心の中でつぶやく。車は満月に誘われるように静かに走り続ける。

著者プロフィール
渡辺 昌夫（わたなべ まさお）
熊本県出身在住。

ハルの時代

2024年７月15日　初版第１刷発行

著　者　渡辺 昌夫
発行者　瓜谷 綱延
発行所　株式会社文芸社
〒160-0022　東京都新宿区新宿１－10－１
電話　03-5369-3060（代表）
03-5369-2299（販売）

印　刷　株式会社文芸社
製本所　株式会社MOTOMURA

ISBN978-4-286-25445-6